Johannes sitzt allein zu Hause, seine Frau hat ihn verlassen. Die Tage beginnen nur noch mit Banalitäten: Wie zieht man den Joghurtdeckel in einem Stück ab? Die Post bringt einen blauen Brief: Ein anderer kriegt seinen Job, er soll ins Zweigwerk nach Brasilien! Der Mann ist am Ende.

Doch wenn ein Mann von seiner Frau verlassen wird, hat er immer noch seine Mutter. Eine Mutter spürt, wenn es ihrem Sohn schlechtgeht, und unweigerlich wird sie genau in dem Augenblick anrufen, wenn er nicht die geringste Lust hat, ausgerechnet seiner Mutter auf neugierige Fragen zu antworten: Wie geht es Lisa? Was macht die Arbeit? Kommst Du finanziell zurecht, Johannes?

All das gerade jetzt, wo er lieber allein wäre. Doch auch seine Mutter ist allein. Sie sitzt auf einmal im Rollstuhl, und Johannes muß sich fragen, ob er eine hilfsbedürftige Frau so einfach zurücklassen kann.

Bernd Schroeder erzählt die unendliche Liebesgeschichte eines Mannes zu seiner ersten Frau: witzig, manchmal bösartig und trotz allem immer liebevoll.

Bernd Schroeder, 1944 in Aussig geboren, ist in Bayern groß geworden und lebt seit vielen Jahren in Köln. Er ist Autor und Regisseur zahlreicher Hör- und Fernsehspiele und wurde 1992 mit dem Bundesfilmpreis ausgezeichnet. Er veröffentlichte die Romane ›Versunkenes Land‹ (1993, FTV Bd. 15778), ›Unter Brüdern‹ (1995, FTV Bd. 15779) und ›Die Madonnina‹ (2002, FTV Bd. 15780) sowie gemeinsam mit Elke Heidenreich den Erzählungsband ›Rudernde Hunde‹ (2002, FTV Bd. 15879). Zuletzt erschien ›Was ich noch zu sagen hätte‹ von Reinhard Mey unter Mitarbeit von Bernd Schroeder.

Unsere Adresse im Internet: www.fischerverlage.de

Bernd Schroeder

Mutter & Sohn

Erzählung

Fischer Taschenbuch Verlag

Veröffentlicht im Fischer Taschenbuch Verlag,
einem Unternehmen der S. Fischer Verlag GmbH,
Frankfurt am Main, Juli 2006

Lizenzausgabe mit freundlicher Genehmigung
des Carl Hanser Verlages München Wien
© 2004 Carl Hanser Verlag München Wien
Druck und Bindung: Ebner & Spiegel, Ulm
Printed in Germany
ISBN-13: 978-3-596-16526-1
ISBN-10: 3-596-16526-1

Mutter & Sohn

1

Die Tage beginnen zunehmend mit Banalitäten, denn allzu viele Dinge gibt es ja für den Alternden nicht mehr im Leben, auf die er sich verlassen kann. Aber daß es ein einigermaßen erträglicher Tag wurde, wenn es ihm am Morgen gelang, den Deckel des Biojoghurts an einem Stück abzuziehen, damit konnte Johannes immer rechnen.

Vorgestern nicht.

Der Gedanke, daß Lisa genau auf den Tag vor einem Monat ausgezogen war, hat ihn dazu gebracht, dem Biojoghurtdeckel mit besonderer Sorgfalt zu begegnen. Einwandfreie Arbeit, glattes Abziehen, ein Lob dem Hersteller und auch dem Treteimerdeckel, der nicht, wie so häufig, nach hinten wegkippte, sondern mit einem satten Klang wieder zufiel. Johannes hat in dieser Hinsicht nachgeholfen, indem er vorne in den Deckel eine schwere Schraube montiert hat, die ihn nach unten zieht. Zudem liegt im Eimer ein Pflasterstein, der den Treteimer davor bewahrt, dem Tretenden gegen das Schienbein zu kippen. Die trotzigen Erfindungen des unter seinem Wert beschäftigten Architekten. Belanglosigkeiten, die Lisas offenliegende Nerven stets dermaßen überreizten, daß sie fluchtartig die Wohnung verließ, wenn er triumphierend einen vollständig abgezogenen, tropfenden Joghurtdeckel wie eine gerade gewonnene Trophäe in die Höhe hob.

Die Sonne schien und tauchte die halbleeren Räume in warmes Licht, so daß selbst die kahle Wand, an der Lisas Bücherregal gestanden hatte, nicht mehr wie in den letzten Wochen einer klaffenden Wunde glich, sondern freundlich und arglos den Morgen begrüßte. Johannes nahm sich vor, die Wand zu streichen, um endlich das Bild vom Maler-Freund Max aufzuhängen, das, einsachtundvierzig mal einsachtundsechzig, abstrakt, Bergmotiv in Frankreich, im Schlafzimmer unter dem Bett lag – seit wann, wie lange schon? Jahre vermutlich. Außerdem würde er ein neues Regal kaufen und die Kisten mit den alten Architekturbüchern vom Speicher holen. Und in seinem Kleiderschrank würde er wieder Platz haben, und zur Feier der neugewonnenen, aber erst jetzt wahrgenommenen Freiheit legte er das Köln-Konzert von Keith Jarrett auf, das Lisa, wenn sie nur die ersten Takte hörte, sofort aus dem CD-Player zu reißen pflegte.

Sentimentales Geklimper für unverbesserliche Romantikopas.

Ja und? Mir gefällt's.

Dann hör's, wenn ich nicht da bin.

Jetzt war sie nicht da.

8

Es war ihnen im letzten halben Jahr jederzeit gelungen, einen Kriegsschauplatz zu organisieren. Die Waffen waren immer subtiler geworden und lagen stets bereit, auch auf dem Tischchen neben dem gemeinsamen Bett. Sie brauchten sie immer häufiger, um sich gegenseitig zu verletzen. Daß sie nach den Scharmützeln ineinandersanken und sich liebten mit der Verzweiflung derer, die nicht wahrhaben wollen, daß sie nur im Bett miteinander vereinbar sind, nicht aber im wirklichen Leben, das kam immer seltener vor.

Johannes litt und bemitleidete sich selbst, trank und weinte, was zu keinerlei Selbsterkenntnis führte.

Jetzt aber, an diesem erfolgreich begonnenen Morgen, erwacht aus wochenlangem, dumpfem Schlaf, ergriff ihn gute Stimmung, bemächtigte sich seiner sozusagen gute Laune. Er fühlte sich leicht, erleichtert. Er schritt. Quer durch die Räume. Sprang geradezu leichtfüßig. Freiheit streichelte ihn verführerisch. Der Kampfplatz dieser vierjährigen Beziehung lag friedlich da. Die Wohnung war größer, als er vermutet hatte. Die Musik plätscherte dahin wie sanfter Regen auf ein Blechdach in der Karibik.

Wo er noch nie war.

Pläne schmiedete er.

Vielleicht würde er die paar Urlaubstage, die ihm noch blieben, verreisen.

Verreisen. Er!

Warum nicht? Bequem reisen.

Last minute, Kurztrip. Für neunzehn Euro nach Venedig, Rom, Paris oder so, mal sehen. Auch Lissabon, sagten Freunde, sollte man besuchen. Vielleicht würde er sich auch einfach ins Auto setzen, nach Holland ans Meer fahren, die letzten Jahre überdenken, nach der Zukunft schielen, um dann in dieses neue Wohnungs- und Lebensgefühl einzutauchen. Obwohl: Holland und das Meer, das könnte auch gefährlich werden. Er würde sich an all den Orten herumtreiben, an denen er in glücklichen Tagen mit Lisa war. Wie könnte er am Meer spazierengehen, ohne an sie zu denken, an ihre übermütige Art, sich in den Sand oder ins Wasser zu werfen, ihn an sich zu ziehen, an die Urlaubsfriedlichkeit, die sie dort immer begleitet hat?

Er würde auf sich aufpassen müssen.

Keine unkontrollierten Schritte in die Vergangenheit wagen!

Der vorgestrige Tag hatte jedenfalls alle Chancen, ein erträglicher, wenn nicht sogar bereichernder Tag zu werden, geeignet, einem frischgebackenen Großstadtsingle den Einstieg ins neue Leben zu erleichtern und sich mit der stürmischen Vergangenheit zu versöhnen. Es ging ihm erstaunlich gut. Das linke Knie schmerzte nicht, die Verspannung im Nacken hatte sich gelöst, er war ohne Kopfschmerzen aufgestanden, und selbst der Urinstrahl bei der ersten morgendlichen Entleerung schien ihm fester und stärker, was zwar auch daran lag, daß er vor dem Schlafengehen mehrere Flaschen Bier getrunken hatte, besonders aber, daß er endlich wieder im Stehen pinkeln durfte, was Lisa vor vier Jahren, als sie nach drei Wochen zusammengezogen waren, umgehend verboten hatte.

Ja, es ging ihm gut.

Er trat in den Tag, der noch ein Urlaubstag war. Er fühlte sich leicht. Alles würde gut werden. Er würde klarkommen. Das Puzzle des Lebens ist einfacher, als man vermutet. Man kennt die Finten und Tricks. Man weiß Bescheid. Die einzelnen Stücke haben doch immer wieder die gleiche Form, wiederholen sich.

Ja, Johannes Seidel fühlte sich gut.

Vorgestern.

Bis der Brief kam.

2

Hier im dritten Stock hat man vom Schlafzimmer aus noch den Blick über die Felder. Fünfter Stock, denkt Martha Seidel, wäre besser gewesen, da ohnehin ein Aufzug im Haus ist. Aber das mußte damals so schnell gehen. Plötzlich war ein Käufer fürs Haus da und machte Tempo. Martin Seidel war das gerade recht gewesen. Es beschränkte sein Sichkümmern auf einen kurzen Zeitraum. Ihm waren solche Dinge lästig. Er wollte seine Ruhe haben. Die Unruhe, die seit Franziskas tragischem Tod in seiner Frau war und ihr ganzes Handeln bestimmte, steckte ihn nicht an. War er zu Hause, dann war er mit dem zufrieden, was um ihn war, was das Dorf an Menschen und Geschichten und Spaziergängen bot. Hier lebten ihre alten Eltern, und auf dem kleinen Friedhof lagen hinten in der Ecke seine Mutter und Franziska. Und auf den Wiesen und Feldern und in den Scheunen und Schuppen war seine Kindheit, abrufbar in der Erinnerung des Alternden. Wäre es nach ihm gegangen, wären sie im Haus auf dem Dorf geblieben. Da er ohnehin ständig unterwegs war, spielte es für ihn keine Rolle, wo man wohnte. Ihm genügte das Leben auf dem Land.

Martha genügte es nicht. Sie betrieb schließlich den Kauf der Wohnung in der Stadt, besser gesagt hier am Stadtrand, kümmerte sich um den Umzug, den Verkauf eines Teils der alten Möbel, die neue Einrichtung. Martin sagte zu allem ja, war mit allem zufrieden, hatte zu nichts eine Meinung und wurde auch nie nach einer solchen gefragt.

Mach du nur, war sein beliebtester Satz. Mach du nur, du machst das schon alles richtig.

Der Überzeugung war sie auch.

Daß sie schließlich die Wohnung nach ihren eigenen Bedürfnissen einrichtete, erwies sich bald als weitsichtig, denn nach einem Jahr starb Martin Seidel an einem Schlaganfall, drei Jahre vor seiner Pensionierung. Er war gerade im Außendienst unterwegs, starb in einem kleinen Hotel auf dem Land. Man fand ihn schnell. Er wollte sich wecken lassen, meldete sich aber nicht. Ein schöner, wenn auch zu früher Tod. Sie gönnte ihm diesen Tod.

In jeder Hinsicht.

Martha tat es zwar leid, daß es ihm nicht mehr vergönnt war, länger als Rentner hier in der Stadt zu leben, aber sie konnte sich, nachdem er ins heimatliche Dorf, auf den Friedhof, zurückgekehrt war, sehr schnell auch allein arrangieren.

Der Zuschnitt der Wohnung hatte sich ohnehin als ungeeignet erwiesen, für zwei Menschen, die es nicht mehr gewohnt waren, in einem Zimmer oder gar in einem Bett zu schlafen.

Für Martha Seidel hatte mit dem Tod ihres Mannes noch einmal ein ganz neues Leben begonnen.

Das eigentliche Leben, wie sie es einmal einer Freundin gegenüber nannte.

Sie war einundsechzig Jahre alt, gesund und unternehmungslustig. Sie spürte Kräfte in sich, die sie nicht kannte, sie hatte das Gefühl, aus einem Tiefschlaf aufgewacht zu sein. Sie war Mutter und Hausfrau und Ehefrau gewesen und konnte sich plötzlich nicht mehr vorstellen, daß sie das ausgefüllt hatte.

Jetzt kaufte sie sich ein Auto, nahm ein Abonnement fürs Theater, trat einem Wanderverein bei, hatte schnell Freunde, machte Wanderungen und mehrtägige Ausflüge, chauffierte ältere Damen durch die

Gegend, veranstaltete Fahrradtouren und zog sich gern grell an.

Ihre Vorliebe für Tomatenrot gefiel einem netten, gebildeten Frührentner, der wegen seiner höflichen und rücksichtsvollen Art fast noch ein neuer Lebenspartner geworden wäre, hätte er nicht eines Tages den Zugriff auf ihren Körper mit eindeutigem Ansinnen gewagt.

So sind die Männer.

Fortan mied sie die Männer.

Die alten Frauen waren ohnehin in der Mehrheit.

Fast jede überlebte ihren Mann.

Und in den meisten Fällen war das die bessere Lösung.

Daß ihr Sohn Johannes, der etwa siebzig Kilometer entfernt wohnte, sich selten meldete, war ihr egal, sie hatte erstens keine Zeit für ihn und fand ihn zweitens einen langweiligen Menschen, mit dem sie sich nicht viel zu sagen hatte. Heimlich verachtete sie ihn für seine Mißgriffe, was Frauen betraf, und für seine Ähnlichkeit mit dem Vater, die mit dem Alter immer offensichtlicher wurde.

Ab und zu schrieb sie dem Sohn einen informativen Brief. Eine Briefkarte vielmehr.

Mein Lieber Sohn,

war jetzt schon drei x auf dem Drachenfels. Der Blick immer wieder schön + ein Erlebnis. Gut daß meine Beine das alles mitmachen. Da gibt es andere! Frau Kemmer + Frau Dehmel schaffen den Aufstieg nicht + sind mehrere Jahre jünger + fahren mit der Bahn.

Heute nach Bernkastel zur Weinprobe. So ist immer was los. Hoffe es geht dir auch gut + deine Arbeit macht dir Spaß.

Es grüßt dich deine liebe Mutter Martha.

P.S. Schreib x wieder.

Das Dorf besuchte Martha Seidel nur noch bis zum Tod ihrer Eltern, die innerhalb eines Jahres starben. Das Elternhaus mit der Arztpraxis des Vaters war so verschuldet, daß nach dem Verkauf für sie und ihre Schwester kaum etwas übrigblieb. Das Grab ließen sie durch den Küster pflegen. Die Schwester wohnte zu weit weg, und Martha interessierte sich nicht dafür, denn die, deren sterbliche Hülle dort auf dem Dorffriedhof lag, Franziska, lebte längst bei ihr.

Die Zeiten änderten sich. Alle wurden älter, Freunde wurden unbeweglicher, starben. Irgendwann kam man häufiger zu Begräbnissen zusammen als zu runden Geburtstagen. Martha selbst lief zwar verbissen gegen das Altern an, aber auch sie traf es. Mit fünfundsiebzig gab sie das Auto und den Führerschein ab, die Fahrten mit dem Bus in die Stadt wurden beschwerlicher, Fahrradfahren war ihr zu gefährlich geworden. Die Stücke im Theater verstand sie nicht mehr, oder es empörte sie manche Direktheit der Inszenierungen, die Wanderungen wurden zu Spaziergängen, die Mitmenschen wurden ihr fremder, die Welt schien ihr zunehmend feindlich und einem alten Menschen wie ihr gegenüber ungerecht. Immer weniger wollte sie am Leben draußen teilnehmen, immer einsamer wurde sie. Und da der Sohn die alte Gewohnheit, sich wenig um die Mutter zu kümmern und ihre Briefe nicht zu beantworten, aufrechterhält, ist Martha Seidel heute mit der einzigen, die ihr geblieben ist, die ihr Lebensmittelpunkt geworden ist, ihre Liebe, ihre Bewunderung, ihre Hoffnung, allein:

Franziska.

Franzi.

3

Der Brief.

Eigentlich wollte Johannes seinem Prinzip folgen, an einem solchen Tag nicht die gegebenenfalls bedrohliche, den heiter-gemächlichen Lauf des Tages verstörende Post aus dem Kasten zu nehmen. Brief von Mutter, Brief vom Finanzamt, Wir-haben-Sie-zum-Bohren-gern-Witz-Karte des Zahnarztes, Rechnungen, was sonst. Doch als er auf dem Weg war, die Einwegflaschen der letzten Wochen zum Container zu tragen und beim alternativen Reisebüro vorbeizuschauen, diesem Laden, der wie ein umgestürzter Zettelkasten aussieht, begegnete ihm an der Haustür der Briefträger und drückte ihm den Brief in die Hand.

Das ist alles.

Danke.

Und einen schönen Tag noch.

Danke, ebenfalls.

Von Mutter, dem Finanzamt und dem Zahnarzt war der Brief nicht.

Er war von Krause & Sohn.

Die Firma, bei der er seit vierundzwanzig Jahren beschäftigt ist, schrieb ihm. Warum? Wann hat ihm die schon mal geschrieben? Warum schrieb ihm die Firma? Und warum an einem seiner letzten Urlaubstage? Was sollte das bedeuten? Kündigung? Unangenehmes? Angenehmes? Schnell die Treppe rauf, Küchenmesser aus der Schublade geholt, Brief aufgeschlitzt, hektisch, in den Finger geschnitten. Etwas Blut, ablecken, einen Grappa trinken, blutet doch mehr, Pflaster suchen, kein Pflaster da, wird Lisa mitgenommen haben, typisch, also Küchenrolle suchen, auch weg, Handtuch um den Finger binden, endlich sich dem Brief nähern, lesen, zittrig.

Man wolle, schrieb man auf Achtzig-Gramm-Geschäftspapier mit geprägtem Firmenlogo, durchaus seinen Urlaub respektieren, denke aber, daß gerade die freien Tage, die er ja nach eigener Aussage in der Stadt zubringe, geeignet sein könnten, über das konstruktiv und in aller Ruhe nachzudenken, was ihm die Firmenleitung mitzuteilen habe. Man wisse um seine Verdienste, glaube aber, daß es dessenungeachtet an der Zeit sei, über eine geeignete, jüngere Besetzung seiner Position nachzudenken, sprich: ihn durch einen Nachfolger zu ersetzen.

Aha, durchfuhr es Johannes, Abschiebung, Entlassung, Sozialplan, Entsorgung, Frührente, sozialer Abstieg, Alkoholismus und Obdachlosigkeit. Neben Bandscheibenvorfall, Gicht, Impotenz, Siechtum, Inkontinenz und Altersdepressionen, die Themen seiner Albträume, bei Tag und bei Nacht.

Achtzig Gramm Bütten, zweimal längs gefaltet, Kuvert mit Sichtfenster. Krause & Sohn. Unser Zeichen Kr/Zu. Als bedenkenswerte Offerte, die allein schon geeignet sei, seine Wertschätzung in der Firma zu dokumentieren, als Ausgleich und aber auch Bereicherung seiner letzten Berufsjahre biete man ihm für fünf Jahre den heißbegehrten Posten des Leitenden Mitarbeiters im brasilianischen Werk an. Wie verantwortungsvoll und abwechslungsreich diese Arbeit dort sei, wisse er ja wohl einzuschätzen. Sicher, so brachte man zum Ausdruck, sei diese Offerte für ihn reizvoll, zumal er doch derzeit, wie man wisse, ohne ihm zu nahe treten zu wollen, sozusagen ohne familiäre Bande sei.

Sozusagen ohne familiäre Bande.

Schrieben sie.

Familiäre Bande.

Firmenbande.

Bande!

Sozusagen ohne familiäre Bande.

Gut ausgedacht, Krause-Junior.

Kluges Kerlchen.

Schön hingeschrieben, Zumgibelchen.

Sozusagen ohne familiäre Bande.

Johannes las den Satz mehrfach.

Sozusagen ohne familiäre Bande.

Sozusagen allein, sozusagen auch ohne Lebensabschnittsgefährtin, als die sich Lisa gern bezeichnete.

Man kalkulierte also mit seiner Lebenssituation. Schnell geht das. In der Dusche liegen noch die Haare der Verflossenen, das Bett riecht noch nach ihr. Schon kreisen die Geier über der Beute.

Er hätte neulich, als er mal in der Firma vorbeischaute, Frau Zumgibel nicht anvertrauen dürfen, daß es mit Lisa zu Ende ist.

4

Erika Zumgibel, Chefsekretärin, zweiundfünfzig Jahre alt.

Johannes sieht sie vor sich.

Sie steht in der meist offenen Tür zu Willy Krause, dem Chef, an den Türpfosten gelehnt, Wickelrock um die fülligen Hüften, rosa oder himmelblaue Strickjacke, Perlenkette, die Fingernägel perlmuttlackiert, die blondgrauen Haare hochgesteckt, die Brille an einer mit der Perlenkette konkurrierenden Kette um den Hals, die halbleere Kaffeetasse in beiden Händen, wie um sich an ihr aufzuwärmen, triumphierenden Gesichts. Krause schaut zu ihr hoch. Seit zwanzig Jahren weiß er, was es zu bedeuten hat, wenn sie da so steht. Sie weiß wieder was, hat was aufgeschnappt, ein Sensatiönchen, das Sensation werden will, wächst in ihr. Das raus muß, das an diese kleine Öffentlichkeit dieses Raumes drängt, um von ihm verwertet zu werden, wie auch immer. Willy Krause junior, seit dem Tod des Vaters Willy Krause senior Alleininhaber der Firma, weiß, was jetzt zu tun ist, es ist zu fragen, ob Erika was Neues zu berichten habe. Mit der Frage hat er das Ritual begonnen. Es kann losgehen.

Wie sie das liebt, wenn er so fragt! An Montagen liebt sie es am meisten. Wenn sie ein am Freitag noch aufgeschnapptes Geheimnis mit nach Hause genommen, es neben den Wohnungsschlüssel im Flur ihres Zweizimmerappartements gelegt hat, um es nach einem einsamen Wochenende am Montag morgen mit ins Büro zu nehmen. Da hat sie es wiedergekäut, zurechtgebogen, abgeklopft, aufgeblasen, das Sensatiönchen. Und sie kann kaum erwarten, daß Krause endlich an seinem Schreibtisch sitzt, neugierig, fordernd.

Wenn Krause allerdings am Montag morgen nicht ins Büro kommt, dann kann es sein, daß Johannes die Rolle des Neugierigen zufällt.

Heute aber ist Krause da. Pünktlich und in Erwartung.

Das ist nun der Zeitpunkt, zu verzögern, in die Länge zu ziehen, kleine Skrupel vorzutäuschen, sich und Krause zu fragen, ob man es dem noch Ungenannten nicht vielleicht doch selbst überlassen sollte, sich gegenüber dem Chef zu äußern, damit man dann im nachhinein nicht die Denunzierende sei. Andrerseits habe die Geheimnistuerei gar keinen Sinn, wenn die Dinge doch ruchbar würden, und mit einer gewissen Offenheit, das sei immer wieder ihre und doch auch seine Erfahrung, habe man schon oft helfen können, wo Verzweiflung und sogar der Gedanke an Selbstmord waren.

Was sie da ausführe, sei im Grundsatz natürlich richtig und auch ehrenhaft, wofür er sie ja, das wisse sie doch, schätze, es komme im Prinzip dabei eigentlich immer nur darauf an, um wen und welche Art von Problem es sich handle.

Das muß Krause lüstern, als handle es sich um einen Anschlag auf ihren Körper, erfragen.

Er kennt das Spiel.

Um Johannes handle es sich.

Seidel Johannes.

Jetzt muß sie eine kleine Pause machen, den Namen wirken lassen.

Freitag sei der hier aufgetaucht. Er, Krause, sei schon im Wochenende gewesen. Blumen habe er ihr gebracht. Er wollte reden, das habe sie sofort gemerkt. Habe das

Herz schwer gehabt, irgendwie. Wie er eben sei. Habe immer das Herz so schwer. So weinerlich auch. Wie er eben sei, der Johannes – unser Johannes, wie sie ihn gern nenne. Immer nah am Wasser gebaut habe der, das kenne man ja.

Krause nickt. Jaja, der bilde sich wohl mal wieder irgendeine Krankheit ein, oder? Um welche es sich denn jetzt handle?

Nein, in diesem Fall sei das jetzt einmal nicht eine Krankheit.

Sie erzähle mal von vorne.

Er war ziemlich fertig. Sie hatte schon Feierabend, wollte weg. Hat sich dann natürlich Zeit genommen. Kann man ja nicht so sein. Wenn man sich zwanzig Jahre kennt. Wenn man alles über den Kollegen weiß, alles mitgekriegt hat. Wenn man Trost gespendet hat und wie eine Mutter war. Wenn man Zeuge war, bei den Affären, den verschiedenen Frauen, und den Geschichten und allem.

Krause weiß, daß sie diese Umwege braucht, die ihr schlechtes Gewissen wegen der Indiskretion, zu der sie jetzt bereit ist, entlasten. Sie muß sich, und dafür braucht sie Zeit, in die Rolle der mütterlich Mitfühlenden reden, die nichts anderes im Sinn hat, als zu helfen. Johannes kann sich das so gut vorstellen, war er doch selbst oft Zeuge, wenn Erika Zumgibel ihre Hilfsbereitschaft über andere ergoß.

Da muß man nun, das weiß Krause, weiterhelfen, nachfragen oder besser noch Vermutungen äußern oder gar Behauptungen aufstellen, die dann von ihr korrigiert, abgewiesen oder widerlegt werden können, denen mit Entrüstung und jedenfalls besserem Wissen begegnet werden kann.

Also da sei wohl mal wieder Beziehungskrise angesagt? Sozusagen.

Er vermute mal ganz geradeheraus, daß ihn die Frau verlassen habe.

Im Prinzip laufe das darauf hinaus.

Ja, meint Krause, der arme Johannes Seidel, habe wohl kein Händchen für die Frauen. Wie lange es denn diesmal gegangen sei.

Sie strahlt, denn das weiß sie nun genau. Vier Jahre und drei Monate seien es gewesen. Jetzt aber sei, wie er, Krause, sich doch gern ausdrücke, Sense. Ja, Lisa wolle wohl nicht mehr, sei ziemlich entschlossen, sei schon vor drei Wochen ausgezogen, und darum sei Johannes verzweifelt und könne nichts tun, und das nenne man wohl zerrüttet.

Krause ist schon bereit, die Information abzulegen, sich von ihr nicht tangieren zu lassen. Gut, wenn Seidel wieder da sein wird, kann man bei einem Bier mal reden, trösten, Tips geben. Aber das wär's doch erst mal. Man kennt doch Seidel. Freundlich, aber langweilig.

Manche Frauen mögen das Sanfte.

Das Sanfte?

Ja.

Der ist nicht sanft, der ist ein Weichei.

Daß diese Frau, eine gute Anwältin, was er so gehört habe, den leid ist, könne man ja gelinde gesagt auch verstehen, nicht wahr. Beruflich sei der Mann seit Jahren ineffektiv, das müsse sie ja wohl bestätigen, bei aller emotionalen Nähe zu Seidel. Aber im Rahmen der Berücksichtigung sozialer Belange bei der Personalreduzierung sei der Mann nicht ohne Härte kündbar. Zu lange dabei. Dreißig Jahre. Ein Mann des Anfangs. Damals sogar vielversprechend, vom Senior sehr geschätzt wegen ganz brauchbarer Ideen. Damals. Jetzt aber ausgepowert, ein Fall, sozusagen. Im Prinzip, Krause benutzt die Formulierung »im Prinzip« gern und oft, im Prinzip also sei Seidel – unser Johannes –, wolle er mal sagen, mit so einer prächtigen Frau wohl überfordert gewesen. Das komme vor und sei freilich kein Grund, sich damit weiter zu befassen.

Erika Zumgibel ist mit dem montagmorgendlichen Ritual noch nicht am Ende. Sie trinkt den letzten Schluck des kalt gewordenen Kaffees und lächelt dann so vielsagend, daß Krause noch einen Moment lauert. Das ist der Moment, wo Erika Zumgibel ihre Distanz zum Chef aufgeben darf. Sie kommt an den Schreibtisch, setzt sich mit einer Pobacke darauf, klimpert mit der Perlenkette und spricht leiser, intimer.

Das sei doch dann jetzt so, wolle sie dem Chef mal

sagen und zu bedenken geben, daß der Seidel solo sei, das heißt ohne familiäre Bande. Sozusagen. Sie meine nur, also, wie solle sie sagen, das könnte doch ein anstehendes Problem lösen – sozusagen.

Oh, wie sie das genüßlich hinschmiert, und wie er es begierig aufnimmt! So helfen zu können, so mitgestalten, verantworten, die Fährten für Entscheidungen legen zu dürfen, das ist Erika Zumgibels ganzer Begehr.

Das entlohnt für das Leben allein, entschädigt für die einsamen Abende und Wochenenden und die immer mehr verblassende Erinnerung an jene eine Nacht mit Krause junior.

Der erinnert sich daran sicher kaum noch. Zu betrunken war er damals, in ihrer Erinnerung aber unendlich süß.

Vertraut tätschelt er ihre Wange, ja das darf er, das liebt sie, das ist übriggeblieben von der viel größeren Nähe, die da mal war.

Nicht schlecht sei das, was Zumgibelchen da kombiniert habe. Na, da wolle man diese Angelegenheit mal mit aller zur Verfügung stehenden Sensibilität angehen, was ja schließlich ihrer beider Spezialität sei.

Du bist gut, Zumgibelchen, du bist verdammt gut.

Das hat er in jener Nacht auch mehrfach gesagt.

Zumgibel zum Diktat!

Unser Zeichen Kr/Zu.

5

Ohne familiäre Bande.

Schrieben sie.

Familiäre Bande.

Bande. Banditen.

Heißbegehrt und Sozusagen.

Die Wörter tummelten sich in seinem Kopf herum, während Johannes seinen Joghurt aß, Keith Jarrett noch einmal von vorn hörte und auf die von Lisas Bücherregal geschändete Wand starrte.

Graugerahmte Rechtecke. Dübellöcher wie Einschüsse, an den Rändern die Tapete ausgerissen, Beweis dafür, daß die Regale nicht abmontiert, sondern von der Wand gerissen worden waren. Samt den Dübeln.

Lisa war in großem Zorn gegangen.

Zorn brauchte sie, sonst hätte sie es nicht geschafft.

Sollte er sich, so schrieb man weiter, in irgendeiner erdenklichen Weise mit dem Gedanken, nach Brasilien zu gehen, anfreunden können, dann bitte man ihn, schnell Bescheid zu geben, denn, wie gesagt, der Posten dort sei natürlich heißbegehrt.

Da war das Wort wieder.

Heißbegehrt.

Zweimal schrieben sie es.

Jedesmal in einem Wort:

Heißbegehrt.

Mit scharfem ß.

Hat man das nicht eigentlich abgeschafft, dieses ß?

Er weiß es nicht.

Er überlegte, ob er das auch in einem Wort schreiben würde.

Heißbegehrt.

Oder:

Heiß begehrt.

Er machte Sätze.

Die Frau wurde heiß begehrt, sie war eine heißbegehrte Frau.

Er entschied sich für beide Schreibweisen.

Was für ein seltsames Wort.

Er spielte damit.

Heißes Begehren.

Heiße Begierde.

Heiße Johannes und habe Begehren.

Gier. Begierde. Gierig.

Begierig.

Begierig, kundig, eingedenk, teilhaftig, mächtig, voll.

Das hatte doch irgendwas mit Latein zu tun? Aber Latein konnte er nicht mehr. Nur das. Die Eselsbrücke.

Das hat irgend etwas zu bedeuten. Aber was? Die Eselsbrücke ist abgebrochen, zerstört, Die Esel liegen im Fluß. Der Esel bin ich. Esel, der ich bin. Ich Esel. Ich.

Schon begann Johannes, sich über den Brief zu amüsieren.

Doch dann mußte er an Hans Scheibler denken.

Dessen fünf Jahre in Brasilien sind demnächst vorbei.

Ihm gilt es nachzufolgen.

Einmal, es wird zwei Jahre hersein, war er in Deutschland, kam in die Firma, sonnengebräunt, übergewichtig, schwadronierend, wie es immer seine Art war. Grell war er. Die Neugier war ihm abhanden gekommen. Der Aufenthalt drüben, so schien es, hatte das Flüchtige, das Windige, die Verschlampung verstärkt.

Im Gegensatz zu Johannes, so sah der das, hatte Scheibler Talente. Die aber schienen verschüttet.

Erst spät am Abend, mit Johannes bei zahlreichen Bieren allein, gab er gezielteren Fragen von Johannes nach.

Was macht ihr dort eigentlich wirklich?

Scheiße. Hallen bauen, eine nach der anderen, weißt du doch. Immer dieselben Hallen. Die drei Standardtypen. Römisch eins, zwei, drei. Und instand halten. Wir rollen den Stein immer wieder den Berg hinauf, und er rollt immer wieder hinunter, wenn du mich verstehst.

Johannes verstand.

Und das Leben dort?

Fressen, saufen, ficken. Das Klima, die Leute, die Armut, das hältst du nicht aus, wenn du dich nicht zudröhnst. Die Europäer saufen alle. Einfach so in die Stadt kannst du nicht gehen. Überall Kriminelle. Und den Karneval kannst du vergessen. Findet vor hundert Metern Tribüne statt. Von wegen Straßenkarneval, den gibt's nicht. Nur bei uns hier – bei euch hier – im Fernsehen.

Irgendwann bleibst du unter den Europäern. Willst andere nicht mehr sehen. Partys über Partys. Smalltalk. Heimweh. Katzenjammer. Drogen, wenn man das will. Vögelst die frustrierten Frauen der Botschaftsangestellten. Oder die Töchter. Oder beide. Da kommt dann kurzfristig mal Freude auf. Aber sonst – man vergammelt. Schau mich an. Prost.

Prost!

Du, neulich, kommt so einer aus der Botschaft zu mir. Sachse noch dazu. Ja, die sind jetzt auch schon in einer Botschaft. Sagt er zu mir, verstehst du, weißt du, was er sagt? Daß du mit meiner Frau fickst, ist mir egal, aber von meiner Tochter läßt du die Pfoten. Sagt er. Ich hab so gelacht.

Johannes schwieg.

Manche schaffen es, machen was draus. Aber die sind anders gestrickt als ich. Die suchen das Abenteuer, die Gefahr, die Herausforderung. Oder sie haben Ideale und Engagement und soziales Gewissen und den ganzen Scheiß. Die werden entweder aidskrank oder kriegen ein Messer in den Bauch. Oder sie werden Mitarbeiter bei Greenpeace. Nichts für mich. Prost!
Prost!

Mehrfach noch las Johannes den Brief.

Manche machen was draus, hat Hans Scheibler gesagt. Vielleicht bin ich jemand, der was draus macht, sagte er sich. Er ist wenig gereist in seinem Leben. Aus Europa nicht rausgekommen. Als Jugendlicher war er mal per Anhalter in Italien und Spanien. Und Südfrankreich. Eindrücke, die längst vergessen sind. Dann mit Lisa in der Bretagne. Ein Wochenende London, zwei Paris. Sonst immer wieder Holland. Das Meer.

Er hatte sich nie aufraffen können. Kuba, New York, Petersburg, Moskau, Triest. Alle diese Reiseziele spukten mal in seinem Kopf, meist von der jeweiligen Lebenspartnerin anvisiert. Es kam aber nie dazu. Er hatte keine Zeit, sie hatten keine Zeit, er kränkelte. In Wirklichkeit interessierte es ihn nicht. Er hatte keine Lust, in engen Flugzeugen zu sitzen, etwas Flugangst hatte er auch, er haßte Hotelzimmer und ihre Betten, er fand Essengehen und Taxifahren sündteuer, er sprach vom Elend in der Welt, das er sich nicht ansehen wolle, ohne etwas dagegen tun zu können. Er kam sich mit dieser Ausrede progressiv vor, das gefiel ihm. Er schwadronierte über diese ganzen Banditen, die Reiselustigen nur das Geld aus der Tasche ziehen wollten.

Einmal konnte ihn Lisa zu einer einwöchigen Reise nach Island überreden. Daß sie das nicht hätte tun sollen, wurde ihr nach der Reise auch klar. Sie stritten viel, denn er machte alles schlecht. Alles war dazu angetan, ihn zu beleidigen. Sie fuhren im Mietauto um die Insel.

Die Kraterlandschaften waren ihm zu öde, die Wiesen zu satt, die Schafe zu viele, die Kirchen, von denen Lisa keine auslassen wollte, zu simpel, die Menschen stur und verschlossen, das Essen schlecht und teuer, die Geysire, furzende Quellen, wie er sie nannte, stanken unerträglich nach Schwefel. Und die Hotels, in denen auch das Leitungswasser nach Schwefel stank, waren für ihn unbewohnbar. Eine Insel wie auf dem Mond, sagte er. Am Myklasee schließlich kam es zum ersten Streit. Nach einer Stunde Wanderung, von Mücken völlig zerstochen, begegneten ihnen Touristen, mit Moskitonetzen geschützt. Lisa, die es übernommen hatte, die Reise zu planen, sich am Reiseführer zu orientieren, hatte übersehen, daß man dem Wanderer diese Moskitonetze empfohlen hatte, und daß Myklasee Mückensee heißt. Lisa, auf Abenteuer und Extremwanderungen erpicht, schlug eine Wanderung nach einem Wanderführer vor. Dort gab es fünf Schwierigkeitsgrade. Die Wanderung, die sie machten, war nach ihren Informationen Schwierigkeitsgrad zwei, für Menschen empfohlen, die gut zu Fuß seien. Nach einer halben Stunde mußten sie sich an einem dicken Tau in eine Schlucht abseilen. Johannes ahnte, daß das alles nicht gutgehen würde. Er verfluchte die ganze Reise, sehnte sich nach seiner Wohnung, gab mehrfach zu bedenken, daß es in Deutschland, im Osten zum Beispiel, sehr schöne Reiseziele gebe. Aber es gab kein Zurück. An einem Geröllhang, fünfzig Meter unter ihnen das

Meer, dreißig Meter über ihnen die Felsen, auf einem fußbreiten Pfad streikte Johannes. Er hatte Angst, konnte nicht nach oben und nicht nach unten schauen, nicht nach vorne und nicht nach hinten. Lisa ging ungerührt weiter. In Todesangst bewältigte er den Rest der Wanderung. Am Ende stellten sie fest, daß sich Lisa geirrt hatte, es war eine Wanderung mit dem Schwierigkeitsgrad vier, geeignet nur für erfahrene Bergwanderer. Drei Tage saß Johannes dann in Reykjavík im Hotel und weigerte sich, noch irgendeinen der geplanten Ausflüge mitzumachen. Während Lisa allein mit dem Auto herumfuhr, trank sich Johannes durch die Kneipen der Stadt, was ihn ein kleines Vermögen kostete, denn der Alkohol war das Teuerste auf Island. Nach dieser Reise hätten sie sich fast getrennt. Lisas Vorschlag, im nächsten Jahr das S in ein R zu verwandeln und statt nach Island nach Irland zu fahren, versöhnte sie. Doch zu der Reise kam es nie. Johannes streikte, gab auf, wurde zynisch gegenüber allen Reiseplänen und -zielen.

Reisen, sagte er, ist unbequem und lästig. Sie wollen dein Geld, aber nichts dafür leisten. Reisen bildet nicht wirklich. Die Kirchen sehen überall gleich aus. Du kannst dir das alles im Internet anschauen, es ist wie mit dem Zoo. Johannes ging auch nie in den Zoo. Reisen ist allenfalls etwas für die Japaner, die emotionslos alles fotografieren und filmen, um zu Hause sehen zu können, wo sie gewesen sind. Würde man den Japanern, dachte Johannes, Fotos und Filme ins Haus liefern, sie würden gar nicht mehr reisen.

Er mochte nicht mehr reisen.

Als Selbstschutz machte er sich einen Satz, den er mal irgendwo gelesen hatte, zum Motto:

Das ganze Elend der Welt hat damit angefangen, daß der Mensch seine eigenen vier Wände verlassen hat.

Er blieb fortan zu Hause.

Aber jetzt dieses Angebot.

Brasilien.

Warum nicht für fünf Jahre nach Brasilien gehen. Ein Abenteuer auf die alten Tage. Neue Menschen finden. Mal angesichts des Elends hingucken, sich darauf einlassen, angerührt werden.

Rio de Janeiro und São Paulo, das müssen spannende, unendlich große und weitläufige Städte sein. Und Brasília. Lucio Costas architektonische Gigantomanie.

Ja, ein Abenteuer. Schluß mit diesem tristen Büro bei Krause & Sohn mit den Lastwagen vor den Fenstern. Schluß mit der blubbernden Kaffeemaschine, den ewig gleichen Zeichnungen auf den Reißbrettern, Frau Zumgibels Regiment, Krauses Besserwisserei, den Gesprächen mit den Bauleitern, den Bieren am Feierabend in der verrauchten Betriebskantine. Schluß. Auf zu neuen Ufern!

Er suchte im Internet alles, was mit Brasilien zu tun hatte. Wie wenig er wußte, obwohl seine Firma seit fünfzehn Jahren dort eine Filiale betrieb!

Er bekam Lust, sich darauf einzulassen.

Das würde auch sein Problem mit Lisa lösen. Eine wirkliche Ablösung, Distanz, um aus der Ferne vielleicht wieder zueinander zu finden.

Er träumte.

Sie würde ihn besuchen, träumte er.

Er träumte sie sich zurück.

Sie war schon wieder bei ihm.

Sie küßte ihn.

Da kam der Anruf.

6

Als sie vor über zwanzig Jahren diese Wohnung kauften, sah man auch vom Wohnzimmer aus das weite Land, die Wiesen und Felder, eine Bahnstrecke, ein Dorf.

Den Neuanfang bestimmten damals vorsichtig ausgewählte neue Möbel, die zu den alten, liebgewonnenen passen sollten. Es handelt sich durchaus um mittlere Preisklasse gehobeneren Stils. Der Verkauf des Hauses warf so viel ab, daß man nicht sparen mußte. Martha wollte sich vom schäbigen Alten trennen, aber auch nicht zu modern sein. Von den alten Möbeln behielt sie nur ein hohes, mit vielen Spiegeln verziertes Jugendstilbuffet, das schon bei ihren Eltern stand. Alle

neuen Möbel sollten von gediegener Güte sein. Inter-
lübke, viel Weiß. Ein Speicher, ein Keller und zwei Kin-
derzimmer mußten aufgelöst werden; ihr Inhalt ver-
teilte sich auf diese Wohnung, soweit er zur Erinnerung
taugte. Martin Seidel kommt hier nicht vor. Martha
lebt hier allein. Nur noch ein schwarzgerahmtes Foto
erinnert an den Mann, der oft dort am Fenster stand
und lange sehnsüchtig zu den Feldern und Dörfern
hinüberschaute. Dieses eine Jahr war er hier gewissermaßen nur Gast. Nicht einmal sterben wollte er hier.
Diese Wohnung war von Anfang an Marthas Reich. Sie
richtete ein, sie bestimmte. Seit zwanzig Jahren alles
wegdrängend, nichtig und unwichtig machend, wie ein
Netz über diese Wohnung gelegt, beherrschen Fotos einer jungen, vierundzwanzigjährigen Frau das Bild. An
den Wänden, auf Plakaten von Musikveranstaltungen,
auf gerahmten Zeitungsausschnitten, die Bücher nach
hinten geschoben, in die Regale gestellt, auf die Anrichte, in allen erdenklichen Größen. Das Jugendstilbuffet ist so gewissermaßen zum Hausaltar geworden.
Schwarzweiß und bunt, fröhliches Lachen, trauriger,
verzweifelter Blick, mit Blumen im Haar, mit Gitarre,
in Hosen mit Schlag und bunten T-Shirts, mit diversen
Hüten, immer mit langen, oft wehenden Haaren. Ein
Hauch Hippie-Attitüde, ein Blumenkind der Sechzi-
gerjahre zum Museum erstarrt.
Martha kommt im Rollstuhl vom Schlafzimmer ins
Wohnzimmer gefahren. Sie übt das Fahren, das Dre-

hen. Schließlich bleibt sie nach einigen Übungen vor dem Buffet stehen und schaut zu den Bildern von Franziska hinauf.

Schau mal, meine Liebe, das geht doch schon ganz gut. Unser Junge wird staunen!

Ein junger blonder Mann mit spärlichem Bärtchen und kleinem Zöpfchen hat den Rollstuhl gebracht. Wenn man sich darauf einlasse, und eine andere Wahl habe man doch gar nicht, dann komme man sehr schnell damit zurecht, sagte er leicht altklug. Da gebe es diese sturen, verbohrten alten Menschen, die sich gegen das Schicksal wehrten, und die anderen, die tapfer seien und mitarbeiteten. Da habe er ziemliche Erfahrung, denn als Zivildienstleistender, nein, man nenne das nicht mehr Kriegsdienstverweigerer, sondern Zivildienstleistender, wenn das auch dasselbe sei, denn zum Militär wäre er nie gegangen, als solcher also habe er Erfahrung, wie gesagt, denn er bringe ja täglich diese Rollstühle zu den Betroffenen. Geduldig hat er ihr alles gezeigt, ihr in den Stuhl geholfen und am Ende viel Glück gewünscht.

Glück!

Ein seltsames Glück ist das, denkt sie und rollt zur Anrichte. Mit Mühe erreicht sie das Telefon, zieht es sich auf den Schoß und wählt.

7

Der Anruf.

Ihr Anruf.

Da war er wieder, dieser unsichtbare Faden zwischen ihr und ihm, den er immer vergeblich leugnete. Selten rief sie an, aber ihre Anrufe schienen gezielt und trafen ihn meistens an einem Tiefpunkt. Schon in ihrer Frage, wie es ihm gehe, klang Triumph darüber mit, wieder einmal gespürt zu haben, was eine Mutter eben spürt, daß es ihrem Jungen nicht gutgeht. Und sosehr Johannes alle Welt über seine erbärmliche berufliche Situation und seine tatsächlichen und eingebildeten kleinen Gebrechen täuschen konnte, sowenig gelang es ihm, seiner Mutter etwas vorzumachen.

Wie geht es dir?

Ganz gut.

Was ist los?

Nichts. Was soll sein?

Du klingst traurig. Hab ich es doch geahnt. Raus mit der Sprache, deiner Mutter kannst du alles sagen. Ist es wegen dieser Frau – wie heißt sie gleich noch mal?

Sie heißt Lisa. Mein Gott, merk dir das doch mal. Ich war über vier Jahre mit ihr zusammen.

War?! Also ist es aus? Du meine Güte, du ahnst es nicht!

Mutters Mitfühlen, genährt von Angst, den einzigen Verwandten aus den Augen zu verlieren, war gnadenlos. Als er sieben Jahre lang allein gelebt hatte, stand sie manchmal wenige Stunden nach einem Telefonat an der Tür. Als er mit Lisa lebte, war er davor geschützt. Sie schrieb ihre Ratschläge nur noch in ihren Briefen. Die Begegnung mit einer anderen Frau scheute sie.

Seiner Mutter konnte er noch nie etwas vormachen. Sie durchschaute ihn, kannte seine Schwächen, hielt nicht sehr viel von ihm, weswegen sie sich, das redete sie sich und oft auch ihm ein, ihr Leben lang um ihn kümmern müsse.

Lisa hatte vier Jahre gebraucht, die Bedeutungslosigkeit hinter seinen beruflichen Visionen, seine Talentlosigkeit, seine heimliche Alkoholabhängigkeit, die wehleidige Einstellung zu seinem alternden Körper, die sich wiederholenden Späßchen und die nur mühsam variierten, schlecht gelogenen Geschichten zu durchschauen. Als sie ihm nicht mehr zuhörte und es aufgegeben hatte, ihn der Kunst von Homöopathen, bevorzugt Homöopathinnen, auszuliefern und ihn mit Globoli zu füttern, begann sie, ihn zu verlassen. Sie wollte nie ein Kind und hatte nun das beklemmende Gefühl, plötzlich eines, genaugenommen zwei, nämlich ihre leicht verrückte alte Mutter und ihn, zu haben.

Und jetzt ist sie weg, diese –
Sie heißt Lisa und ist ausgezogen.

Naja, war ja wohl dann nicht die Richtige. Du hast sie mir ja nicht einmal vorgestellt. Das wird seinen Grund gehabt haben. Vielleicht hätte ich dir gleich sagen können, daß das nicht gutgeht.

Kannst du es bitte lassen.

Na, bei der ersten hab ich von vornherein gesagt, das geht nicht gut. Aber auf mich wurde nicht gehört. Und die Katastrophe kennen wir ja.

Das war keine Katastrophe. Barbara und ich haben uns damals gütlich getrennt.

Gütlich! Gütlich nennst du das!

Mutter, ich will nicht darüber reden. Warum hast du angerufen?

Gütlich war, daß du ihr noch die Ausbildung bezahlt hast. Sie hat dich ausgenommen.

Das hat sie nicht, Mutter.

Und hatte von einem anderen ein Kind!

Laß uns nicht immer wieder dieselben Dinge diskutieren. Stell dir vor, meine Firma bietet mir an, für fünf Jahre nach Brasilien zu gehen, das dortige Werk zu leiten.

Schweigen. Er hört sie schwer atmen. Das trifft sie. Aber sie wäre nicht seine Mutter, würde sie diese Information nicht sekundenschnell darauf testen, was sie für sie bedeutet, um sie dann ins Negative für ihn umzuwandeln.

Brauchen sie dich hier nicht mehr?

Er will darauf nicht antworten. Schon bereut er es, das mit Brasilien erwähnt zu haben, ehe es spruchreif ist. Jetzt heißt es, davon abzulenken, denn es wird sie beunruhigen, ihn so weit weg zu wissen. Neulich schon beklagte sie sich, er komme zu wenig, vergesse seine Mutter völlig, das sei der Dank, den man ernte. Das ganze Repertoire an Vorwürfen schlug sie ihm um die Ohren. Und es fällt ihm schwer zu glauben, daß ihr heutiger Anruf einen anderen, positiveren Zweck haben könnte. Dazu kommt, daß sie recht hat. Er fährt zu selten zu ihr, er drückt sich davor, schiebt es von sich. Es sind nicht die siebzig Kilometer, die er scheut. Wie oft fährt er längere Strecken für irgendeine Lappalie, ein Konzert oder so.

Es ist sie und es ist diese Wohnung, was er nicht erträgt. Diese Wohnung, die ein Museum für die vor über dreißig Jahren gestorbene Schwester geworden ist. Es sind die Streitigkeiten und Diskussionen, die er so scheut. Lisas Mutter, als sie noch klar im Kopf war, erzählte von früher, aus der Kindheit, schön und spannend, detailreich. Auch Vaters Mutter war so. Der jugendliche Johannes saß bei ihr und hörte mit roten Ohren zu, wenn sie erzählte, wie sie den Großvater kennengelernt hatte und ihm nach China gefolgt war, mit achtzehn Jahren. Vater und Mutter aber machten aus ihrem Vorleben eine Art Geheimnis. Johannes ahnte früh, daß sein Vater ein zu begeisterter Nazi gewesen war, als daß er über diese Zeit später noch hätte reden können. Da mischten sich Scham und Enttäuschung.

Und Mutter hat natürlich damit recht, daß dieses Brasilienangebot der Firma vermutlich einer Abschiebung gleichkommt.

Ja, in der Tat, sie brauchen ihn nicht mehr bei Krause & Sohn.

Warum hast du mich angerufen? Das ist doch sonst nicht die Zeit, wo du mich anrufst. Also: was ist los?

Am anderen Ende der Leitung ist es plötzlich sehr still. Was ist? Hat sie aufgelegt? Nein, sie ist dran. Weint sie? Ja, sie weint. Was ist los? Was bedeutet das? Das kennt Johannes seit Jahren nicht, daß sie weint. Wohl kennt er ihre Stimmungsumschwünge. Das vernichtende Richten über irgendeinen Menschen wechselt oft in Sekunden in ein wehleidiges Selbstmitleid. Sie wähnte schon mit sechzig bei jeder Unpäßlichkeit, nur noch ein Mensch von einem Tag zu sein, und sie kündigte mit achtzig an, wenn ich alt bin, will ich eine Weltreise auf einem Luxusdampfer machen.

Jetzt aber weint sie.

Mamma, was ist los, um Gottes willen?
Es ist so furchtbar. Bitte, komm, bitte!

Aber was –

Komm doch ein einziges Mal sofort, wenn deine alte Mutter dich darum bittet.

Ich komme.

8

Martha kommt im Rollstuhl vom Schlafzimmer ins Wohnzimmer gefahren. Sie hat einen Stock in der Hand, fährt zur Eingangstür und macht mit dem Stock Lichter an. Eins über dem Eßtisch, ein anderes auf der Anrichte neben dem Jugendstilbuffet. Martha fährt im Raum herum, dreht sich nach rechts, nach links, fährt, hält an, fährt an die Regale, schaut, wie hoch sie greifen kann. Sie fährt an den Couchtisch, »parkt« neben einem Sessel ein, greift nach dem Telefon, das auf der Anrichte steht und eine lange, verheddberte Strippe hat, stellt es sich auf den Schoß, wählt, wartet. Sie macht einen strengen, energischen Eindruck.

Frau Sobeck – ja, ich bin's, Frau Seidel – guten Tag, Frau Sobeck. Hören Sie, Frau Sobeck, bitte kommen Sie heute nicht. Nein – nein – wissen Sie, mein Sohn hat angerufen. – – – Ja, er ist nur heute in der Stadt – ja, er kommt gleich vorbei. Sie verstehen, daß ich mit ihm allein sein möchte – – – ja bitte? – Ach, die können Sie doch morgen mitnehmen. Ja, zur gewohnten Zeit – Wiedersehn – – – ja, werde ich ihm ausrichten. Danke. Bitte? Wiedersehn, Frau Sobeck!

Sie legt auf, stellt das Telefon wieder auf die Anrichte, muß dabei wieder einen langen Arm nach oben machen. Das ist noch ungewohnt. Alles ist jetzt für sie auf einer anderen Ebene. Sie ist ein rollender Zwerg in ihrer Wohnung, deren Decken so unerreichbar hoch oben scheinen. Und erst die Bilder. Die oben auf dem Buffet. Ihre geliebten Bilder.
Franzi.
Er wird sie ihr alle niedriger stellen und hängen müssen. Auge in Auge will sie mit Franzi sein. Er wird ihr das machen. Er ist ja sehr geschickt, handwerklich. Im Leben nicht. Sie weiß, wie gern er ihr etwas repariert in der Wohnung. Er braucht das, und sie schaut ihm gern dabei zu. Da hat sie das Gefühl, er gibt sich Mühe für sie.
Johannes ist es lieber, irgend etwas in der Wohnung zu reparieren, als ihr ausgeliefert gegenüberzusitzen und einfach nur zu plaudern. Davor hat er Angst. Vor Gesprächen über früher – über Vater, über Franzi und ihren Tod damals. Darüber will er nicht mit ihr reden. Und er will nicht hören, daß sie oft einsam ist. Und er fürchtet Fragen nach seinem Leben, nach seinem Beruf. Er ist wie sein Vater. Der wich allen problematischen Gesprächen immer mit sinnlosen Aktivitäten aus. Am Ende mit Kreuzworträtseln.

Johannes bastelt, macht sich nützlich. Sie weiß das und sie nutzt es aus.

Energisch, schon geübt und vertraut mit dem Rollstuhl, fährt sie im Zimmer herum, kontrolliert, ob alles in Ordnung ist, bleibt dann vor dem Buffet stehen, schaut zum größten der Fotos hinauf, das eine junge Frau mit langen Haaren und indischen Gewändern zeigt. Eine lachende junge Frau, die so unbeschwert wirkt, als läge ihr ein reiches, erfülltes Leben zu Füßen. Ein bunter Schmetterling.

9

Normalerweise fährt Johannes, wenn er die Mutter besucht, über Land, durch die Dörfer, am alten Elternhaus vorbei, durch vertraute Gegend. Heute nimmt er die Autobahn. Das geht jetzt um die Mittagszeit sehr viel schneller.

Obwohl sie so sehr weinte, und er nicht aus ihr herausbekam, was vorgefallen, was so furchtbar ist, sind seine Gedanken nicht bei ihr. Zu oft entpuppten sich ihre Hilferufe als irgendeine Hysterie, eine Empfindlichkeit, Banalität. Mit dem Wort Katastrophe geht sie inflationär um. Zu viel Regen, zu viel Sonne, zu viel Schnee, kein Schnee, alles wird als Katastrophe apostrophiert. Nein, im Moment stellt er sich die Frage nach ihrem

Befinden nicht. Er macht die Rechnung über sein eigenes Leben. Er rechnet und rechnet ab, gibt sich Rechenschaft.

Wie lange habe ich allein gelebt in meinen siebenundfünfzig Jahren? fragt er sich.

Zwanzig Jahre war er bei den Eltern, nein, eigentlich zweiundzwanzig, denn er hat nach dem Abitur während der achtzehn Monate Bundeswehrzeit und danach noch ein Jahr lang sein Zimmer zu Hause gehabt, seine Wäsche gebracht. Dann war er fünf Jahre allein, danach fünf Jahre mit Barbara, dann drei mit Doris, fast drei mit Evelyn, nach ihr war er nur zwei Jahre allein. Mit Sigrid waren es dann zwei Jahre und vier mit der chaotischen Sonja. Doch auch das mit ihr war irgendwie, wenn auch mit Unterbrechungen, ein Zusammenleben. Ein äußerst kriegerisches. Danach nahm er Erholung von der Frauenwelt. Sieben Jahre lebte er wieder allein, hatte wechselnde Bekanntschaften, aber auch lange Durststrecken. Gerade als er alle Anzeichen zeigte, ein Sonderling zu werden, und sich damit abzufinden begann, Junggeselle zu bleiben und als solcher alt zu werden, trat wie ein rettender Engel Lisa in sein Leben.

Lisa.

Lisa, die ihn jetzt verlassen hat.

Lisa, die Schöne.

Lisa, die Wunderbare.

Lisa, die Lebenskluge.

Lisa, die Gescheite.

Lisa, die Erotische.

Lisa, die Freche, die Lustige, die, die, die ...

Johannes sucht nach weiteren Attributen. Und er hat Sehnsucht nach Lisa. Er will sie anrufen, aber er traut sich nicht. Er legt sich eine Taktik zurecht, eine Strategie zur Wiedergewinnung von Lisa. Dranbleiben, aber nicht nerven. Zeigen, daß man noch liebt, aber auch souverän sein. Kleine Aufmerksamkeiten. Mal Blumen, ein Buch. Wann hat er ihr die letzten Blumen geschenkt? Es ist lange her. Und die vielen anderen kleinen Nettigkeiten, die einmal seine Spezialität waren, wann hat er die eingestellt?

Jetzt möglichst keine Anrufe. Nichts auf die Mailbox sprechen. Mal auf ein Zeichen von ihr warten. Die Wochen nach ihrem Auszug hat sie kein Zeichen gegeben. Er kennt nicht einmal ihre Wohnung. Wohl ist er dort vorbeigefahren, hat Licht gesehen, sich aber nicht getraut, zu klingeln.

Als letztes Mittel wird er einen Brief schreiben. Mit ein paar selbstkritischen Tönen und dem Versprechen, sich zu ändern, zu bessern, ein anderer zu werden. Den Gedanken, eine Krankheit vorzutäuschen, um Mitleid zu erregen, verwirft Johannes.

Lisa, die Nüchterne, die Rechnerin, die Anwältin für Familienrecht, die so kluge Eheverträge aufsetzen kann.

Lisa, die ihn nicht heiraten wollte.

Lisa Simon, dreiundfünfzig Jahre alt, einssiebzig groß, schlank.

Während eines Tankvorgangs ruft Johannes Lisa auf dem Handy an.

Die Mailbox ist deaktiviert.

The person you have called is not available.

Wieder auf der Autobahn.

Wieder rechnet Johannes. Mit wie vielen Frauen hat er geschlafen? Er kommt auf elf, nein, dreizehn, nein, genaugenommen vierzehn. Ist das viel? Nein, wohl nicht. Die hat Krause, sein Chef, im Jahr nebenher. Sagt er.

Lisa hat er übrigens nicht betrogen. Sie ihn? Nein, er kann es sich nicht vorstellen. Er will es sich auch nicht vorstellen. Sie waren doch sexuell bis zuletzt so glücklich miteinander. Oder nicht? Bildet er sich das ein? Macht er sich was vor? Haben sie sich beide was vorgemacht?

Die Leidenschaft ist sowieso irgendwann mal zu Ende, sagte Lisa einmal. Und doch konnten sie sie vier Jahre erhalten.

Johannes denkt über den Vater nach. Hatte der auf seinen vielen Vertreterreisen Frauengeschichten? Eine Beziehung hatte er, die zu jener Frau, die eines Tages bei der Mutter auftauchte, um sie aufzufordern, den Mann freizugeben. Johannes war damals siebzehn Jahre alt, die Mutter kümmerte sich fast ausschließlich um Franzis beginnende Karriere als Sängerin, und Vater war mehr weg denn je.

Vor ein paar Jahren hat Johannes mal überraschend mit der Mutter darüber sprechen können. Es sei ihr, sagte sie damals, völlig egal gewesen, ob er Frauengeschichten hatte. Am Geschlechtlichen, wie sie es nannte, sei sie nie interessiert gewesen, da habe sie es stillschweigend geduldet, wenn er sich das anderswo holte. Aber diese eine, dieses Flittchen, diese unanständige, freche, primitive Person, die habe ihr den Mann wegnehmen wollen. Da sei sie zur Furie geworden. Johannes kann sich noch an diese Frau erinnern. Sie war zierlich, sanft, sprach sehr ruhig mit der Mutter und war sehr ernst. Sie trat so selbstbewußt und souverän auf, daß Johannes damals glaubte, der Vater würde jetzt mit ihr gehen. Und er wünschte sich, daß ihn der Vater mitnähme und Franziska bei der Mutter bliebe.

Die anschließenden Szenen zwischen den Eltern waren furchtbar, zogen sich über Wochen hin. Letztendlich ist der Vater zu Kreuze gekrochen, weil er den übermächtigen Zorn der Mutter fürchtete.

Wie wäre mein Leben geworden, denkt Johannes, wenn ich damals mit Barbara zwei Kinder gehabt hätte? Sie wollten beide Kinder damals, aber es kamen keine. Sie hatten geheiratet und wollten eine Familie gründen. Johannes konnte nicht zeugen, doch das erfuhr er erst später, als er mit Doris Kinder haben wollte und sich untersuchen ließ.

Vielleicht wären Barbara und er dreißig Jahre oder mehr zusammengeblieben, wären vielleicht noch immer zusammen, hätten erwachsene Kinder von etwa dreißig Jahren, wären womöglich schon Großeltern.

Er wäre täglich von der Arbeit zur Familie nach Hause gekommen, hätte sich angehört, was tagsüber passiert ist, hätte mit den Kindern gespielt oder Hausaufgaben gemacht, hätte Kindergeburtstag und Einschulung, Geburt und Konfirmation, erste Liebe und Abitur, Aus-dem-Haus-Gehen und Zurückkommen erlebt. Und sie hätten irgendwann für die Tochter ein Pferd gekauft und Familienurlaub in Holland am Meer gemacht. Er hätte mit seinem Sohn surfen gelernt und wäre mit ihm in die Berge zum Wandern gegangen. Und auf den Fußballplatz sowieso. Und Barbara und er wären gute, verständige Eltern gewesen und hätten alles besser als ihre eigenen Eltern gemacht. Und seine Mutter wäre vielleicht eine liebenswerte Großmutter geworden. Er wäre im Beruf ehrgeiziger und erfolgreicher gewesen. Barbara und die Familie hätten ihm den Mut gegeben, ein eigenes Architekturbüro aufzumachen. Und er hätte ein Haus gebaut.

Sie hatten ein Haus geplant, er hatte Zeichnungen gemacht und ein Papier-Modell gebaut. Ein Haus für eine Familie sollte es sein. Das schönste Haus für die beste aller Familien sollte es sein, der Prototyp für ganz viele Häuser, die er für ganz viele Familien bauen wollte.

Es gab keine Familie und auch keine Notwendigkeit für ein Haus. Er baute nie ein Haus. Nur Hallen, von Anfang an nur Hallen. Bis heute.

Dann wurde Barbara von einem Seitensprung schwanger, ließ sich scheiden, heiratete den Vater des Kindes, bekam noch zwei Kinder, wurde wieder geschieden. Johannes und sie blieben Freunde, hatten später ganz kurz sogar noch einmal eine Affäre miteinander. Da waren sie über vierzig.

Er biegt jetzt von der Autobahn ab. So muß er gar nicht durch die Stadt.

Wird er jetzt allein leben? Für den Rest seines Lebens? Zehn, zwanzig Jahre noch, oder noch länger? O Gott. Er kennt das einsame Elend alleinstehender alter Männer. Will nicht weiter darüber nachdenken. Nein, er wird und will nicht allein bleiben. Aber wird er sich noch mal verlieben, noch mal eine Frau finden, die sich in ihn verliebt, in einen erfolglosen, mäßig verdienenden, nichts als eine halb verschuldete Wohnung erbenden, bald glatzköpfigen, von allerlei Wehwehchen geplagten, wehleidigen, kranken Mann von siebenundfünfzig Jahren? Wird es noch mal eine Frau geben, mit der er sagt: Wir wollen miteinander alt werden?

Diesen Wunsch hat er nur mit Lisa gehabt und ausgesprochen.

Lisa.

Sie fehlt ihm. Warum ist sie jetzt nicht da, sitzt neben ihm, weiß alles besser, auch den Weg, einen kürzeren nämlich, sagt ihm, wie er mit der Mutter reden, was er empfinden, wie er handeln muß. Sie, die es immer abgelehnt hat, seine Mutter kennenzulernen.

Ich wollte nie die Mütter meiner Männer kennenlernen. Ich hatte mit den Kerlen selbst genug Probleme.

Lisa, die er immer noch liebt.
Er ruft sie auf ihrem Handy an.
Not available.
Er will keine andere Frau, vor allem auch keine jüngere. Er liebt Lisa, ihren dreiundfünfzigjährigen Körper, ihre Falten, ihr Bäuchlein, ihre leicht hängenden Brüste, ihre kastanienbraun gefärbten Haare, ihren Leberfleck am Hals, ihre Leidenschaft, ihren Witz, ihre ganze ewige Besserwisserei, ihr Belehren, ihre Ungeduld, ihr schnelles Denken, ihre Geschichten von den Paaren, die in ihre Kanzlei kommen, um Eheverträge abzuschließen oder sich scheiden zu lassen, ihre Schlampigkeit, das Chaos in ihrem Zimmer, wenn sie etwas gesucht hat, ihr ständiges Telefonieren mit dem Handy.
All das fehlt ihm. Ohne das will er nicht mehr leben. Wenn es das in seinem Leben nicht mehr gibt, was gibt es dann noch? Nichts. Dann kann er auch gegen den nächsten Baum fahren.
Käme sie zu ihm zurück, sagt er sich kühn, er würde noch einmal nach Island mit ihr fahren.
Lisa fehlt ihm.
Aber: vorbei. Sie ist weggegangen. Frauen wie sie kommen nicht mehr zurück.
Nein, Johannes Seidel, nicht aufgeben. Nicht so resignativ werden wie der Vater. Der gab der Sehnsucht der

Mutter nach fremden Städten, nach Urlaub im Süden, nach Wochenendfahrten in die Metropolen – Paris zu sehen war ihr großer Traum – nie nach. Er sei ohnehin ständig unterwegs, auf Achse, wie er es nannte, da wolle er in seiner freien Zeit und im Urlaub seine Ruhe haben. Außerdem, sagte er, er habe das alles im Krieg gesehen, das reiche ihm.

Ich muß aufpassen, sagte sich Johannes, daß ich nicht wie der Vater werde.

Du bist wie dein Vater.

Das sagte Barbara schon zu ihm, da war er noch keine dreißig Jahre alt.

Er wird kämpfen!

Er wird kämpfen um Lisa. Er weiß, daß er sie mit seiner jammernden, wehleidigen, ehrgeizlosen, antriebsschwachen und bequemlichen Art vertrieben hat. Er wird in sich gehen, ein anderer werden.

Und wenn sie längst einen anderen hat?

10

Martha Seidel fährt zur Glastür, die auf einen Balkon führt. Sie sucht den einen Zipfel Sonne, den das neugebaute Haus gegenüber zuläßt, schließt die Augen.

Es klingelt dreimal. Sein Zeichen. Martha fährt in den Raum, zum Flur, zur Eingangstür.
Das dauert.

Hallo!
Ich bin's, Johannes!
Ja. Dritter Stock – falls du das vergessen hast!

Gemurmel von ihm, Türdrücker. Martha öffnet die Wohnungstür einen Spalt, die Flurtür ganz, fährt ins Wohnzimmer, mitten in den Raum mit Blickrichtung zum Flur und wartet. Dann hört man die Lifttür, seine Schritte, sein Klopfen, das Schließen der Tür und da ist er, steht vor ihr. Er hat einen Blumenstrauß in der Hand, schon aus dem Papier gewickelt, und ein Päckchen unter dem Arm. Sein Staunen darüber, daß sie ihn nicht an der Tür empfangen hat, wechselt jetzt in Erschrecken. Da sitzt sie vor ihm, mitten im Raum, inszeniert wie auf dem Theater, im Rollstuhl.
Im Rollstuhl!

Mamma!
Mein Junge!
Aber was – das hast du mir gar nicht gesagt!
Wenn es schon so ist, wie es ist, dann sollte es wenigstens eine Überraschung sein.
Überraschung ist gut. Seit wann – ?

Seit vorgestern. Aber jetzt komm doch erst einmal rein, mein Junge.

Er geht auf sie zu, setzt zum Knien an, doch der Kniefall will ihm nicht gelingen. Er beugt sich zu ihr herunter, hält die Backe hin, erst rechts, dann links, dreht sich so weit weg, daß ihre Küsse wie immer im Nichts landen. Er schaut sich instinktiv um. Was hat sich verändert? Nichts. Nach wie vor ist Franzi allgegenwärtig.

Aber warum sitzt sie im Rollstuhl, um Gottes willen? Sie war doch immer gut auf den Beinen. Ging täglich spazieren. Und sie hat ja auch nie geklagt. Warum denn das so plötzlich? Ein Unfall? Aber warum weiß er davon nichts? Er muß jetzt Geduld haben, abwarten. Er kennt das. Sie braucht Zeit. Über Krankheiten und Schwächen, und Krankheit ist für sie eine Schwäche, spricht sie ungern.

Aber, mein Gott, sie wird alles ändern müssen. Er wird es ändern müssen. Im Rollstuhl kommt sie nicht an die Gläser im Buffet, nicht an die Bilder auf dem oberen Sockel. Die Räume sind ihr höher geworden. Sie ist jetzt eine Zwergin. Sie wächst in den Boden.

Sie sitzt tatsächlich, er faßt es nicht, im Rollstuhl.

Mamma! Mamma! Mensch, was machst du für Sachen?!

Mein Junge!

Was ist passiert?

Schön, daß du Zeit gefunden hast.

Aber das ist doch selbstverständlich.

Nein, das ist es nicht.

Warum hast du am Telefon nichts davon gesagt?

Sie antwortet nicht.

Da sitzt sie in diesem chromblitzenden Gerät. Sie, diese stolze, großgewachsene Frau, deren aufrechten, selbstbewußten Gang man immer bewundert hat. Sie, die erst an ihrem fünfundsiebzigsten Geburtstag ihr Auto und den Führerschein und am achtzigsten das Fahrrad abgegeben und seither lange Fußmärsche durch die Stadt und den Grüngürtel gemacht hat. Nie mußte er sich zu ihr hinunterbeugen, wenn er sie mit diesem flüchtigen, nur angedeuteten Kuß begrüßte. Nein, Kuß kann man das nicht nennen, was sie auszutauschen pflegen. Es ist eher von der Art, wie Männer sich begrüßen. Sich über die Schulter schauen, zwei, drei Tätschler mit der flachen Hand, na alter Junge.

Zwei Stöcke begrüßen sich, sagte Barbara, seine erste Frau, einmal zu Johannes.

Da sitzt sie nun tief unten.

Ach, mein Junge, daß du mich so sehen mußt! Es ist eine Katastrophe!

Wie kam das plötzlich so schnell?

Komm erst mal rein. Gott, was für schöne Blumen!

Danke, danke, mein Junge.

Aus dem kleinen Laden hier um die Ecke, du weißt doch –

Ja! Die hatten immer die besten Blumen.

Es sind neue Inhaber. Eine wahnsinnig nette türkische Familie.

Ach, ja?

Alles billiger. Familienbetrieb. Die können ganz andere Preise machen.

Mußten es für deine Mutter billige Blumen sein?

Mutter, was soll das, du weißt, ich habe Geld – es ist – weil sie einfach die schönsten Blumen haben. Wie kannst du annehmen – ?

Nun sei doch nicht so empfindlich. Gönn deiner Mutter auch mal einen Spaß, gerade jetzt – wo – wo sie wirklich nichts zu lachen hat.

Mamma, jetzt aber – der Reihe nach. Wo ist eine Vase? Kennst du dich hier nicht mehr aus?

Doch – natürlich, ja –

Er geht in ihre Küche, den Ort in ihrer Wohnung, den er meidet, sooft es geht. Hier ist zwar außen alles von der Putzfrau poliert, aber in den Regalen und Schränken, die schon Altersspuren zeigen, haben Staub und Fett und längst überschrittene Verfallsdaten das Regiment übernommen. Daß das in seiner eigenen Küche nicht anders wäre, hätte nicht Lisa dem mit allen Mitteln Einhalt geboten, daß es also in absehbarer Zeit dort so sein wird, diese Erkenntnis läßt Johannes nur heimlich zu.

Was, so fragt er sich, während er jetzt eine passende Vase sucht, was fasziniert diese Mütter so sehr an Plastiktüten, daß sie eine Menge davon horten, die ausreichen würde, gemessen an ihrer äußersten Lebenserwartung, jeden Tag eine andere zu gebrauchen? Es muß die Panik sein, die Johannes von sich kennt, was Streichholzschachteln betrifft. Aus Angst, mal kein Streichholz zu haben, um eine Kerze anzuzünden, sammelt er sie. Sie sind in allen Schubladen, Jackentaschen, vor und hinter Büchern; im Bad, im Schlafzimmer, im Auto, überall. Als Lisa einmal die Wohnung in seiner Abwesenheit aufräumte, was selten passierte, denn Ordnung war ihre Sache eigentlich nicht, legte sie ihm alle auf den Schreibtisch und einen Zettel mit der Rechnung, einhundertsiebenundsechzig mal vierzig, geteilt durch dreihundertfünfundsechzig, macht achtzehneinhalb Jahre täglich ein Streichholz zum Anzünden einer Kerze. Reicht bei deinem Bierkonsum für den Rest des Lebens.

Johannes findet eine Vase – in der sechs Plastiktüten liegen. Er läßt Wasser einlaufen, stellt fest, daß das Sieb am Wasserauslauf verkalkt ist und seitlich über das Becken hinaus einen dünnen Strahl spritzt. Mit einem Schwamm behebt er das notdürftig. Auch eine der beiden Lampen über der Arbeitsplatte ist kaputt. Ja, er müßte mal wieder einen Basteltag bei ihr einlegen. Einen Handwerker würde sie nie holen.

Sie hat ja ihn.

Vor Jahren, als sie einen Freund hatte, von dem Johannes schon dachte, daß der ein Stiefvater für ihn würde, brauchte sie den Sohn kaum. Der Verehrer machte sich gern nützlich. Zu gern, wie Johannes damals fand.

Kommst du zurecht?!
Jaja.
Und schneide die Rosen unten frisch an!
Sie haben sie im Laden gerade frisch angeschnitten.
Trotzdem!
Ist gut, Mamma!

Auf dem Tisch liegt das Päckchen, irgendwas in einer Plastiktüte. Martha versucht zu ergründen, was es ist, schaut in die Tüte.

Was hast du da mitgebracht?
Warte. Eine Überraschung! – Sag, Mamma, wie ist das passiert?

Sie fährt zur Küchentür, schaut ihm zu.

Das Grünzeug! Mach das Grünzeug raus!
Ja, Mamma.
Ich hasse dieses Grünzeug!
So, jetzt haben wir zwei Sträuße.
Schön, ja. Vater kaufte dort die Blumen, nur dort,

wenn er überhaupt welche kaufte. Du weißt, wie Vater war, einmal in einem Laden zufrieden, ist er immer wieder in den Laden gegangen. Oder wenn er ein Bierchen trinken ging, wie er immer sagte. Immer in dieselbe Kneipe. Diese ungemütliche, stinkige Bierstube da vorne mußte es sein. Für das eine Bierchen. Ein Bierchen. Von wegen! Es waren fünf, sechs, oft mehr. Manchmal ließ er sich vollaufen, kam dann torkelnd nach Hause. Das war schon auf dem Dorf damals so.

Wie heißt der Blumenladen gleich noch mal?

Blumen Wagner. Der Laden heißt immer noch so.

Ich denke, es sind Türken?

Trotzdem. Der Laden heißt nach wie vor Blumen Wagner.

Ach? So was, naja. Wagner, jaja, ich erinnere mich. Blumen Wagner. So hießen die, glaube ich.

Sicher hießen sie so. Der Laden heißt immer noch so.

Gott, ich komme ja kaum mehr raus – jetzt vermutlich schon gar nicht mehr. Frau Sobeck bringt mir Blumen mit, ab und zu. Naja, sie kauft sie im Plus-Laden. Prima leben und sparen. Oder bei Aldi.

Gibt's da Blumen?

Da gibt's alles.

So, fertig.

Stell den einen auf den Tisch und den anderen da oben auf das Sims. Dann hat Franzi auch was davon.

Sie rollt voraus, er geht hinterher mit den zwei Vasen. Eine stellt er auf den Tisch, die andere auf das Buffet. Für einen Moment verharrt er, schaut Franziska in die Augen, wendet sich dann ab.

Franziska, die aus dem fünften Stock eines Hauses in den gepflasterten Innenhof gefallen oder gesprungen ist. Die nicht mehr leben konnte, wollte oder sollte, obwohl sie gerade erst begonnen hatte, ein Leben zu leben, das ihr angemessen schien, ein Leben mit Erfolg, mit Beifall, mit Bewunderung. Ein Leben, an dem die Mutter so sehr teilhaben wollte.

Nachdem Franziska kurz nach dem Abitur einen Nachwuchsgesangswettbewerb gewonnen hatte und erste Angebote für Auftritte kamen, widmete sich die Mutter voller Stolz nur noch der Tochter. Sie ließ Mann und Sohn allein und war fast immer mit Franziska unterwegs, oder sie saß in deren Stadtwohnung und wartete auf die Tochter.

Ihre Fürsorge wurde zur Belagerung, denn sie sah die hoffnungsvolle Künstlerin als ihr Produkt an. Der Presse sagte sie, sie habe schon an der ganz kleinen Tochter das Talent entdeckt und gefördert. Sie zauberte sich in eine Rolle hinein, die ihr lange Zeit keiner streitig machte.

Franziska, ohnehin auf Wolken schwebend, ohne Bodenhaftung durch ein Leben tanzend, das ihr alles zuzuspielen schien, ließ die Anwesenheit der Mutter gern zu, solange das ihre Freiheiten nicht beeinträchtigte.

Von Freiheiten hatte Franziska eine ganz eigene Vorstellung.

Eskapaden, die sie und die Mutter für Bestandteil eines Künstlerlebens hielten, nahmen zu und überlagerten zunehmend die künstlerische Entwicklung. Das Gesangesvögelchen wurde zum Partygirl.

War Franziska in der Stadt unterwegs, wartete die Mutter oft bis in die Morgenstunden auf ihre Rückkehr. War sie auf Tour mit berühmteren Kollegen, in deren Bei- oder Vorprogramm sie auftrat, dann schlief die Mutter im Hotelzimmer nebenan.

Und wenn sie nachts nicht schlafen konnte, weil nebenan unter Gejohle die Minibar leergetrunken wurde oder noch eindeutigere Dinge passierten, dann genoß die Mutter das Gefühl, daß die Tochter stellvertretend für sie selbst ein anderes, aufregenderes Leben auslebte, das ihr vor Augen führte, wie eng ihre eigene Welt immer gewesen war und was möglich war in einer anderen, glanzvolleren Welt.

Martha Seidel lebte in einem Märchen, dessen Prinzessin die Tochter war.

Dann war Franzi tot.

In ihrem Körper fand man Spuren von LSD. Das ließ, da sich keine Anhaltspunkte für Fremdeinwirkungen ergaben, den Schluß zu, daß sie im Rausch aus dem Fenster gefallen ist. Noch einige Zeit spekulierte die Boulevardpresse darüber, ob Franziska Seidel ein Beispiel für die LSD-Konsumenten sei, die nach dem Genuß der Modedroge glaubten, fliegen zu können.

Die Mutter blieb bei ihrer Theorie.

Sie haben sie umgebracht.

Vater und Sohn waren gegenüber den Ausbrüchen der Mutter hilflos. Als sie am Tag nach dem Unfall an den Ort des Geschehens kamen, reinigte der Hausmeister gerade das Pflaster und die Mauern vom Blut. Er schimpfte auf diese drogensüchtigen Idioten, die sich umbringen und ihm den Dreck hinterlassen.

Auskunft über den Hergang konnte er keine geben.

Er hatte ferngesehen, und plötzlich sei was vom Himmel gefallen. Ja, wie vom Himmel gefallen, sagte er.

Johannes konnte den Tod der Schwester und seine tragischen Umstände gar nicht richtig einordnen. Er hatte mit Franziska und ihrem Leben nichts zu tun. Dem Vater schien es ähnlich zu gehen. Er war in seiner Trauer stumm. Keine Träne, kein Bedauern. Mutters herausgeschrieener Schmerz prallte an ihm ab. Johannes war sein eigenes und das Verhalten des Vaters unheimlich.

Nach dem Begräbnis sprachen Vater und Johannes lange mit Rolf Bergmann, dem etwa vierzigjährigen Entdecker, Manager, Verleger und Produzenten von Franziska. Er hatte sich wenige Wochen vor ihrem Tod von Franziska, deren Geliebter er für einige Zeit war, privat und künstlerisch getrennt. Er betonte, er hatte es nicht mehr mit ansehen, aber auch nichts dagegen tun können, daß sich Franziska immer mehr in Kreise begeben hatte, die ihr Verderben bedeuteten. Aus harmlosen Kifferpartys waren Treffen zum Konsum von harten Drogen geworden.

Beim Begräbnis waren die Freunde aus diesen Kreisen nicht.

Am Grab waren Vater und Mutter stumm. Johannes sah gerührt, daß der Vater während der ganzen Zeremonie seinen Arm um die Hüfte der Mutter gelegt hatte.

Das war die einzige Zärtlichkeit, die Johannes je zwischen seinen Eltern gesehen hat.

11

So, Mamma, jetzt machen wir's uns mal gemütlich. Willst du Kaffee oder Tee oder ein Glas Wein?

In der Küche ist Kaffee. Schon aufgebrüht. Und Kuchen steht da – wenn du willst.

Gut, dann setz du dich mal.

Das ist gut. Ich sitze schon. Nein, nur wenn ich ins Bett gehe, kann ich aus dem Ding raus. Schrecklich. Aber: so ein Ding spart einen Stuhl. Ich brauche keine Stühle mehr. Nur einen. Für Besuch. Kommt ja immer nur ein Besuch. Wenn überhaupt. Frau Sobeck, du, Franzi.

Brauchst du nicht noch Stühle. Nimm sie mit.

Mutter, ich habe Stühle.

Hat er richtig gehört?

Franzi? Sagte sie Franzi?

Ja. Sie lebt mit ihr. Franzi als Besuch.

Nein, darauf darf er sich nicht einlassen. Das hat er überhört, darauf reagiert er nicht. Nicht das auch noch. Daß die, deren Gesicht diese Wohnung wie ein immer wiederkehrendes Tapetenmotiv ziert, nun im Bewußtsein der Mutter auch noch körperlich anwesend sein soll, darauf will er nicht eingehen.

Sie weint plötzlich, schluchzt, von ihrer als jämmerlich empfundenen Situation überwältigt. Er möchte sie in den Arm nehmen, aber er kann es nicht. Er sitzt da, steif, unentschlossen, angewurzelt. Er haßt sich in dieser Situation. Eher hilflos nimmt er ihre Hand. Diese knochige Hand. Die dünnen langen Finger. Gepflegte Fingernägel, die beiden Eheringe, sehr locker. Sie hat sie seit Vaters Tod immer beide getragen, was Johannes verwunderte. Sie hat sie getragen, weil sich das so gehörte.

Sie wird immer dünner. Die stattliche Frau, die einmal so recht einem deutschen Frauenideal glich, ist klein und schmal und zerbrechlich. Eine edle Tasse, dünnwandig.

Warum kann er sie nicht in die Arme nehmen?

Weil er sie nicht liebt?

Wie viele Menschen kann er herzlich in die Arme nehmen, die er nicht liebt, die er nur mag, achtet, respektiert, gern hat.

Lisas Mutter zum Beispiel.

Die eigene Mutter aber nicht.

Warum?

Weil sie ihn nicht liebt?

Weil sie nichts liebt als diese in Fotos erstarrte, seit über dreißig Jahren vierundzwanzigjährige Franzi?

Mamma – es ist – wie ist das denn jetzt so plötzlich gekommen?

Die Beine, die Beine – gestern, nein vorgestern. Ich konnte nicht mehr aufstehen. Die Beine haben versagt. Hab mich zum Telefon geschleppt und Doktor Schumacher angerufen. Der ist gekommen. Hat dann das in die Wege geleitet. Man wird es noch genauer untersuchen müssen, was es ist. Erst einmal haben sie diesen Rollstuhl geschickt. Ein junger Mann hat ihn gebracht. Kriegsdienstleistender.

Verweigerer?

Ja. So einer. – – –

Zivildienstleistender, nennt man das heute.

Jaja, so ähnlich.

Wie ging das denn überhaupt? Wie konntest du denn dem jungen Mann aufmachen?

Frau Sobeck war bei mir. Die gute Frau Sobeck. Wenn ich die nicht hätte.

Und warum hast du mich nicht angerufen?

Dich? Warum sollte ich dir Kummer machen?

Na also!

Ach, mein Junge, ich bin ein Mensch von einem Tag.

Aber Mamma!

Totschlagen, Sargdeckel drauf, weg damit, das wär das beste. Wie lange bleibst du?

Er geht wieder in die Küche, sucht Teller, Tassen, Löffel zusammen, klappert herum, packt den Kuchen aus, der vermutlich von Aldi ist, stellt alles auf ein Tablett. Sie fährt an den Couchtisch.

Wie lange bleibst du?

Ich weiß nicht, ich habe Zeit.

Schön. Wenn du schon mal kommst.

Mutter, ich war nie in der Stadt, ohne bei dir gewesen zu sein.

Ja. Stippvisiten. Alles zwischen Tür und Angel.

Ist doch gar nicht wahr.

Doch, ist wohl wahr. Wie oft —

Gut, ich hatte auch immer viel am Hals. Dann die Geschichte mit Doris. Du weißt ja.

Allerdings.

Da hab ich die Stadt gemieden.

Mich auch.

Das kannst du so nicht sagen.

Es war aber so.

Ich war traurig. Ich hab mich verkrochen. Mein Gott, ist das nicht zu verstehen?

Deine Mutter wäre für dich dagewesen.

Ja, aber, man –

Du hättest dich bei mir aussprechen können, aber du wolltest ja nicht.

Weil du von vornherein alles gewußt hast. Doris ist böse, hinterm Geld her – was weiß ich. Ich wollte das nicht hören.

Und? Ist es nicht so gekommen?

Ja und nein. Man muß das differenzierter sehen.

Ach?!

Außerdem ist es lange her.

So lange wieder nicht. Ich kann mich noch sehr gut daran erinnern.

Nein, über Doris möchte er jetzt nicht nachdenken. Das war am Anfang wunderschön und am Ende dramatisch. Sein zweiter gescheiterter Versuch, eine Familie zu gründen.

Vergessen, bitte vergessen.

Nein, jetzt wird er sich auf diese Situation hier einstellen. Mutter sitzt also im Rollstuhl. Warum genau, das wird schwer aus ihr herauszubekommen sein, da das Selbstmitleid immer stärker ist als die sachliche Auseinandersetzung. Er wird Doktor Schumacher fragen müssen, mit ihm, einem ruhigen, vernünftigen Mann seines Alters, besprechen, was zu tun ist.

Er wird sich kümmern müssen. Mehr denn je.

Nun hat es auch ihn erwischt.

Brasilien, danke nein, Herr Krause, meine Mutter sitzt im Rollstuhl. Es war ein Irrtum, Fräulein Zumgibel, eine Mutter im Rollstuhl, das sind familiäre Bande.

12

Er kommt mit dem Tablett herein, stellt es auf den Couchtisch, deckt den Tisch. Sie verfolgt stumm jede seiner Bewegungen und rückt dann fast jeden Gegenstand anders hin, als er ihn hingestellt hat, als gelte es, eine bestimmte Situation in einer Schachpartie darzustellen.

So. Jetzt machen wir's uns gemütlich.

Ich weiß noch, das letzte Mal. Da warst du eine halbe Stunde da. Eine halbe Stunde, keine Minute länger.

Erinnere dich bitte, Mutter, wir haben furchtbar gestritten, ich hatte Wut und war traurig –

Wir haben gestritten?

Jawohl.

Niemals. Ich werde den Teufel tun und mit meinem Sohn streiten, wenn er mich schon mal besucht. Nein, mein Junge, ich bin doch die Friedfertigkeit in Person. Ich lasse jeden, wie er ist. Jedem Tierchen sein Pläsierchen, wie mein Vater immer sagte.

Nimmst du Zucker?

Weißt du das nicht, ob ich Zucker nehme oder nicht?

Doch, nein, also, das kann sich ja geändert haben.

Du nimmst Zucker. Zuviel! Das hast du immer getan. Schon als Kind. Alles immer mit zuviel Zucker.

Ich nehme seit drei Jahren Süßstoff.

Ach?! Probleme?

Vernunft. Bei den vielen Espressos im Büro bei den Geschäftsessen. Da kommt zuviel Zucker zusammen.

Ich nehme nichts mehr. Alles verboten. Kein Zucker mehr, keine Butter, kein Weißwein. Nicht einmal das kleine Pikkolöchen gönne ich mir mehr. Was bleibt da noch? Man wird ein Wrack.

Also Mamma. Ja, das mit dem Rollstuhl jetzt, das ist doch vielleicht nicht für lange. Das kann doch gar nicht sein. Eine momentane Schwäche vielleicht, oder? Was sagt Doktor Schumacher denn?

Der weiß doch nichts. Ich muß zum Facharzt.

Wann denn?

Weiß ich nicht. Will ich auch nicht wissen. Irgendwann, wenn ich mich an das Ding hier gewöhnt habe. Mein Gott, das ist das Alter. Alles morsch. Mein Verfallsdatum läuft ab.

Sie lacht über ihre Bemerkung laut. Zu laut. Mutters Lachen. Auch so ein Kapitel, denkt er und holt Süßstoff aus seinem Brillenetui. Sie beobachtet jede seiner Bewegungen und pumpt sich zu einer neuen elementaren

Frage auf, die sie mehr als Postulat denn als Frage in den Raum stellt.

Bleibst du zum Abendessen?

Naja, also -

Also nicht. Ich muß es nur wissen. Aber wenn du keine Zeit hast, bitte, esse ich allein.

Ich muß –

Wie immer, bin das ja gewohnt.

Ich muß um acht Uhr weg.

Na, dann können wir ja vorher essen.

Ja, das machen wir.

Wo mußt du hin?

Lecker, der Kuchen.

Sag, wo mußt du hin?

Ein Essen in der brasilianischen Botschaft. Mit dem brasilianischen Botschafter und unseren brasilianischen Geschäftspartnern. Das ist jetzt natürlich für mich wichtig.

Wieso willst du hier essen, wenn du dort essen gehst?

Mamma, ich dachte – ich leiste dir Gesellschaft.

Das mußt du nicht, wenn du was Besseres vorhast.

Ich esse hier was und dort.

Du solltest dich schon entscheiden, ob du mit deiner alten Mutter zu Abend essen willst oder mit irgendwelchen Brasilianern.

Das sind nicht »irgendwelche Brasilianer«. Es sind unsere Leute, die in Brasilien das Werk aufgebaut haben.

Deutsche und brasilianische Ingenieure. Und eben Leute aus dem diplomatischen Dienst.

Also bist du nur deswegen gekommen.

Es ließ sich so arrangieren.

Na fein.

Mutter. Ich wäre nach deinem Anruf so oder so gekommen, das ist doch selbstverständlich.

Darin hat Johannes schon Übung, einen wichtigen Termin vorzutäuschen, um, sollte der Besuch bei der Mutter an die Grenzen des für ihn Erträglichen gehen, rechtzeitig verschwinden zu können. Es gibt keinen Termin mit Brasilianern, und auch die brasilianische Botschaft hat mit der Frage, ob Johannes Seidel das Angebot seiner Firma annimmt oder nicht, nichts zu tun. Daß er sich und seine Funktion und Bedeutung wieder einmal gegenüber der Mutter aufgewertet hat, bemerkt er selbst erst jetzt, als die Mutter mit einer Mischung aus Bewunderung und Angst sprachlos ist. Johannes allerdings hegt nicht die Hoffnung, daß der Anteil der Bewunderung bei der Mutter lange anhalten wird. Das ist ihre Sache nicht. Bewunderung ist für Franziska reserviert. Ausschließlich.

13

Kommst du eigentlich finanziell zurecht?

Lecker, der Kuchen.

Von Aldi – hat Frau Sobeck gebracht. Ich konnte ja nicht weg – ich – mein Gott, ich darf nicht dran denken, wie das in Zukunft sein wird. Keinen Schritt mehr vor die Tür. Gefesselt an diesen Apparat, verdammt zum ewigen Sitzen.

Mamma. Ist das denn endgültig, ich meine – ?

Da gibt es kein Entrinnen mehr.

Wer sagt das?

Ich weiß das. Mein Körper will nicht mehr. Die Knochen, die Gelenke. Alles morsch, hinfällig. Deine Mutter wird den Rest ihrer Tage so zubringen. Vom Fenster wird sie zum Tisch fahren, vom Tisch in die Küche. Und endlich nach einem sinnlosen Tag zum Bett. Ihr Leben wird trostlos sein. Und einsam. Ich kann nur hoffen, daß es nicht mehr allzu lange dauert.

Also, Mamma.

Was bleibt mir denn? Zweimal in der Woche Frau Sobeck und ihr primitives Geschwätz. Was wo der WC-Reiniger kostet, wo die Mettenden billiger sind, und das ganze Fernsehprogramm! Ich muß es gar nicht gucken. Sie erzählt es mir. Alles. Ich kann den Fernsehapparat abholen lassen. Ich erfahre doch alles. Und ich kann nicht weggehen, mich nicht entziehen, wiederkommen, wenn sie fertiggeputzt hat. Und du, der einzige,

der mir noch geblieben ist, in Brasilien – am Ende der Welt. Bleibt mir nur –
Erstens ist das heute nicht mehr das Ende der Welt, zweitens ist es – wäre es nur für ein Jahr –
In einem Jahr bin ich nicht mehr.
Und drittens ist es ja noch gar nicht entschieden.
Bleibt mir nur meine Franzi.

Schweigend trinken sie ihren Kaffee. Mutters Hände zittern. Das ist ihm noch nie aufgefallen. Ist es die neue Situation, die Aufregung seines Besuches, der die Bedrohung mitgebracht hat, bald ganz allein zu sein, was sie nervös und zittrig macht? Er hat gelogen, wie so oft. Natürlich müßte er für fünf Jahre nach Brasilien gehen, würde er das Angebot annehmen. Kann er das überhaupt noch wollen angesichts dieser Mutter hier im Rollstuhl? Nein, Brasilien rückt in weite Ferne. Erst einmal wird man sehen müssen, was das mit dem Rollstuhl auf sich hat, ob das für immer ist, ob Mutter ein Pflegefall wird, ob sie hier weiter wohnen kann, ob sie in ein Heim muß?
Die Sonne verschwindet jetzt, viel zu früh, hinter dem Neubau.

Du mußt mir die Bilder alle niedriger hängen, damit ich sie besser sehen kann.
Ja.
Damit ich wenigstens meine Franzi nahe bei mir habe.

Ich hab dir was mitgebracht.

Oh, ich bin gespannt. Keine Süßigkeiten, hoffe ich, ich darf nämlich nichts Süßes.

Nein, nein, nein. Etwas Praktisches, gerade in deiner momentanen Situation.

Was Praktisches?

Allerdings.

Ich hab doch alles.

Aber das nicht.

Sie schaut skeptisch zu, wie er ein kleines Päckchen aus einer Plastiktüte holt und es fast feierlich auf den Tisch legt. Er weiß, wie schwer es ist, ihr etwas zu schenken. Wie oft hat sie ihm bei ihr nutzlos erscheinenden Mitbringseln gnadenlos gesagt, nimm das wieder mit, ich brauche das nicht, schenk es Leuten, die so was brauchen. Jetzt aber ist er sich sicher, daß es ihm gelingen wird, ihr dieses Geschenk als ein Nützliches erklären zu können. Sie starrt auf den Karton.

Was ist das? Ein Telefon?

Ja. Drahtlos.

Ich habe doch ein Telefon. Es funktioniert. Ich bin sehr zufrieden damit.

Aber das ist ein besonderes Telefon.

Ist das so ein Handy? So ohne Strippe?

Ohne Strippe, ja, aber kein Handy.

Wo ist da der Unterschied?

Das hier ist ein drahtloses Telefon. Gut, richtig, das ist das Handy auch. Aber das Handy ist für den Gebrauch überall, draußen und im Zug und so. Das hier ist drahtlos für die Wohnung.

Das brauch ich doch nicht.

Mutter, nun laß mich das doch mal erklären.

So kurz vor meinem Tod, und so viel Technik.

Gerade jetzt, wo du im Rollstuhl sitzen mußt. Was ich ja gar nicht wußte. Ich dachte nur, so ein drahtloses Telefon, das ist für einen alten Menschen komfortabel. Wollte ich dir immer schon mal schenken.

Ich bin ein Mensch von einem Tag. Und so viel Geld, was das kostet, nein, nimm das wieder mit, sie geben dir sicher das Geld zurück. Du kannst das Geld bestimmt für was anderes brauchen. Wie kommst du überhaupt finanziell zurecht?

Also Mutter! Jetzt hör dir das doch wenigstens mal an. Das ist gerade für Kranke, für –

Ich bin nicht krank.

Für Menschen, die zum Beispiel an den Rollstuhl gefesselt sind, oder für Gehbehinderte –

Ein Krüppeltelefon, was?

Kurz und gut. Sieh hier dein Telefon. Sieh dir diese Strippe an. Ein Kabelsalat. Ein Wunder, daß du noch nicht drüber gestolpert bist.

Ich hab doch Augen im Kopf. Ich sehe sehr gut. Lese die Zeitung immer noch ohne Brille.

Sei dankbar dafür. Ich brauche eine Brille.

Außerdem kann ich jetzt nicht mehr stolpern. Vorbei.

Er nimmt das Telefon von der Anrichte, dessen sehr lange Schnur ziemlich verdreht und verheddert ist. Er hat schon fast die Attitüde des Vertreters drauf, der der wirren Alten etwas verkaufen will.

Ein Kabelsalat. Und mit begrenzter Reichweite. Mit diesem Telefon kannst du überall in der Wohnung drahtlos telefonieren, anrufen und angerufen werden. Das ist wie die Fernbedienung beim Fernseher, drahtlos. Sogar zur Nachbarin kannst du damit gehen und dort angerufen werden.

Wir grüßen uns nicht einmal, warum sollte ich mit einem Telefon zu ihr gehen. Offizierswitwe. Eine gräßliche Person.

Das war ein Beispiel.

Ein schlechtes.

Vielleicht, ja.

Sie hat ein Zimmer untervermietet. An einen grobschlächtigen Kerl. Der grüßt auch nicht. Es heißt, sie hat ein Techtelmechtel mit ihm. Stell dir das vor. Sie ist schon siebzig. Soll ihr finanziell gar nicht gutgehen.

Du liegst zum Beispiel im Bett. Ich will dich anrufen. In deinem jetzigen Zustand würde es ewig dauern, bis du an diesem Telefon wärst. Das hier liegt neben dir, du gehst dran und schon sprichst du mit deinem Sohn. Drahtlos.

Er hat die Basisstation, den Trafo, das Mobilteil und die Akkus aus dem Karton und den Plastikhüllen geholt. Bedrohlich liegen die Teile vor der Mutter auf dem Tisch. Sie faßt sie kurz an, zuckt zurück, als hätte sie einen Stromschlag bekommen. Johannes spürt förmlich ihre Angst vor wieder irgendwelcher neuen Technik. Was war das seinerzeit für ein Theater mit dem neuen Fernseher und den vielen Programmen! Schon damals hat er sich gefragt, warum mache ich das, warum lasse ich sie nicht in Ruhe mit ihren alten, vertrauten Geräten? Warum hat er ihr den Fernseher gekauft und einen CD-Player und eine Mikrowelle und einen Entsafter und und und? Immer hat er es unter dem Vorwand getan, ihr das Leben zu erleichtern, obwohl er stets wußte, daß er ihr das Leben verkomplizierte.

Johannes weiß, daß das alles Ersatz ist. Ersatz für die Liebe zu ihr, die aufzubringen er nicht imstande ist.

Sie weiß das natürlich auch.

Für das eine Mal in der Woche, wo du anrufst, brauche ich nicht so ein teures Ding. Ich weiß doch, wann du anrufst. Wenn überhaupt, dann Sonntag früh, wenn du ausgeschlafen hast. Da sitze ich sowieso neben dem Telefon und warte. Nein, ich brauche das nicht.

Mutter. Ich versteh das ja, daß du Angst vor der Technik hast. Wieder und wieder was Neues. Gut. Aber das hier, das erleichtert dir dein Leben. Und, Mutter –

Nenn mich nicht immer Mutter.

Ja, Mamma, also, laß mich ausreden – wenn ich weiß, daß du das Telefon – dieses Telefon – neben dir liegen hast, daß du nicht aufstehen mußt, wo du dich gerade gemütlich in den Liegestuhl auf den Balkon gelegt hast, dann trau ich mich auch öfter, dich anzurufen. Weil ich nicht denken muß, ach, die arme Mamma, jetzt muß sie aufstehen und ans Telefon gehen.

Aufstehen! Wie denn?

Oder fahren.

Was erzählst du da für einen Unsinn – nur damit ich mich mit diesem Ding da anfreunde. Du weißt genau, daß du deine Mutter, deine einzige Mutter Tag und Nacht anrufen kannst. Du weißt es – aber du tust es nicht. Wenn es lange genug klingelt, kann ich auch hin- fahren und abheben.

Aber nicht, wenn du im Bett liegst.

Sonntag früh, wenn du endlich ausgeschlafen hast, liege ich nicht im Bett.

Entnervt schweigt er. Das Gerät schiebt er in die Mitte des Tisches und gießt sich und ihr noch Kaffee ein. Schweigen. Sie schaut nach dem Ding, fährt so nahe sie kann an den Tisch ran, beugt sich weit vor, erreicht einen Zipfel des Papiers, auf dem das Telefon nebst Basisstation und Trafo liegt, und zieht es an sich ran. Er schöpft Hoffnung, läßt ihr aber die Zeit, zu fragen. Er steht auf, geht an die Tür zum Balkon, schaut auf das gegenüberliegende Gebäude. Noch ein Wohnkasten.

Und dahinter ein weiterer. Er zählt von unten nach oben und von links nach rechts mit dem Finger.

Mann, ist das ein Riesending geworden. Sechs Stockwerke – achtundvierzig Appartements – und auf der anderen Seite dasselbe noch mal.

Sie hebt den Hörer von der Basisstation, horcht hinein.

Da ist ja nichts. Alles tot. Kein Ton, nichts.
Man muß es erst anschließen. Ans Telefon und an den Strom, damit es aufgeladen wird.
Also doch eine Strippe.
Vom Basisgerät – das ist das hier – zur Dose in der Wand. Aber das Telefon selbst ist das hier.
Das ist ja nur der Hörer.
Ja und nein, auch – es ist auch der Hörer. Aber im Hörer – hier – ist die Zifferntastatur. Also, paß auf. Dein Telefon hier entspricht dieser Basisstation. Die wird, wie das Telefon, ans Telefonnetz angesteckt. Das machen wir hier, wo die Dose ist. Die Basisstation bleibt dann hier stehen. Und die wird mit diesem Trafo an das Stromnetz angeschlossen. Das ist der Unterschied zum bisherigen Gerät, das keinen Strom brauchte. Es braucht den Strom zum Aufladen der Mobilstation –
Das braucht Strom und das alte nicht. Warum denn das? Meine Stromrechnung ist hoch genug, ich –

Das ist minimal, das merkst du auf der Rechnung gar nicht. Also: das hier ist die Mobilstation – dein eigentliches Telefon.

Komforttelefon –

Bitte?

Steht da. Komforttelefon.

So: die Mobilstation – also das, womit du telefonierst – das kannst du, wenn es aufgeladen ist, überall mit hinnehmen. Ins Schlafzimmer, ins Bad, in die Küche.

Ich telefoniere nicht im Bad.

Oder auf den Balkon.

Da auch nicht.

Du hast es neben dir liegen, es klingelt, du hebst ab. Mußt nicht rennen.

Ich kann ja nicht rennen.

Eben das ist es ja. Aber in deinem Fall jetzt, da denke ich mir, ist es eine Hilfe, eine Erleichterung.

Ach, mein Junge, wie lieb du an deine arme alte Mutter denkst. Also, ich will nicht störrisch sein. Daß es nicht heißt, die Alte, die, jetzt kann sie nicht mehr laufen und wehrt sich gegen alles Neue. Nein, nein, nein, ich war immer für das Neue, das Moderne, du weißt es. Ich bin bis vor drei Jahren noch Auto gefahren! Ja, da haben manche gestaunt. Und ich war schon über vierzig, als ich den Führerschein machte.

Mamma, du bist bis vor drei Jahren Fahrrad gefahren. Das Auto hast du vor acht Jahren abgegeben.

Was? Ja? Meinst du. Ich bringe das alles durcheinander.

Aber, das weiß ich, ich war vierzig, als ich den Führerschein machte. Jawohl.

Paß auf, Mamma, ich schließe das Telefon jetzt mal an, dann probieren wir's aus.

Jaja, mach mal, mein Junge, mach mal. Das war – das war am, am – jedenfalls im Mai neunundsechzig. Das Jahr, wo du Abitur gemacht hast.

Ich habe sechsundsechzig Abitur gemacht.

Du hast ja einmal wiederholen müssen, sonst hättest du ja achtundsechzig schon Abitur machen müssen.

Fünfundsechzig.

Also das war in dem Jahr. Ich war bravourös durch die Fahrprüfung gekommen – was suchst du?

Das Werkzeug, da war doch dieser Werkzeugkasten.

Im Flur – unten im Schuhschrank.

Ach, ja.

Seit ich hier wohne, ist er da. Da kannst du mal sehen, wie lange du nicht hier warst.

Ich war hier – genau vor sechsunddreißig Tagen.

Ach du zählst schon die Tage!

Aber ich habe nicht gebastelt an dem Tag. Also habe ich das Werkzeug nicht gebraucht.

Er ist in den Flur gegangen und kommt mit dem Werkzeugkasten zurück. Er stellt ihn mitten in den Raum, sortiert Sachen aus, reklamiert stumm eine unfachmännische Ordnung. Das ist Vaters alter Werkzeugkasten. Ein wackelig auf einem unpassenden Stiel sitzender Hammer, ein stumpfer Stechbeitel, mit dem man gerade einmal eine Lackdose öffnen könnte, ein ausgefranster Schraubenzieher, eine Rolle rostiger Draht, ein paar Nägel verschiedener Größen, eine Dose mit Reißzwecken, Schnur, Angelschnur, eine einsame, einzelne Schraubzwinge, vier verrostete Metallklammern zum Festhalten einer Tischdecke auf einem Balkontisch, eine Tube eingetrockneten Leims, eine im Gelenk quietschende Kneifzange, ein stumpfer Fuchsschwanz, alles das erzählt vom ungeschickten Vater, der selten, und wenn, dann nur widerwillig, seiner Aufgabe als Hausherr gerecht zu werden vermochte. Er tat nur das Nötigste und das unter Fluchen. Nägel schlug er schief ein, sägen konnte er nicht, ein Loch zuzugipsen, wo vorher ein Nagel war, wurde zur Staatsaktion. Meistens verletzte er sich und brach die Arbeit ab. Früh schon trat Johannes an seine Stelle, was den Vater entlastete, aber nie dazu bewog, Lob auszusprechen. Der Mutter war der geschickte Sohn willkommen. Und als der Vater tot war, ein Jahr nach dem Umzug in diese Wohnung, war es Johannes, der die unzähligen Bilder von Franzi nicht nur aufhängen, sondern zum Teil auch rahmen mußte. Nur mit Schaudern denkt er daran zurück, und die Aussicht, demnächst all diese Bilder auf die neue Augenhöhe der Mutter ändern zu müssen, treibt ihm jetzt schon den Schweiß auf die Stirn.

In weiser Voraussicht hat Johannes einen Phasenprüfer-Schraubenzieher mitgebracht, denn so etwas sucht man in Vaters altem Werkzeugkasten vergeblich.

Und Franzi hatte am Vormittag eine Probe, und sie kam nach Hause, und ich hatte den Führerschein. Da sind wir gleich mit ihrem 2CV rausgefahren ins Grüne. Ach – !

Sie seufzt, hängt lächelnd Gedanken nach, sieht ihm trotzdem genau zu. Er schaut, wo die Strippe des alten Telefons endet, und rückt das Buffet ein Stück ab. Dikker Staub liegt da.

Paß auf! Gott, Junge!

Schon ist es passiert, eines der vielen Franzi-Bilder, das größte, ist umgekippt und zu Boden gefallen.

Nichts passiert.
Du meine Güte!
Es ist heil.
Aber es hätte kaputt sein können.
Dann hätte man's repariert.
Arme Franzi.
Das ist nicht Franzi, das ist nur ein Bild von ihr.
Wie redest du?! Ich verbiete dir, so zu reden!
Verdammt noch mal! Hier hängen und stehen Hunderte von Bildern von Franziska und du machst so ein Theater.

Ich verbitte mir diesen Ton!

Jaja, schon gut, aber ist es nicht –

So redest du nicht über deine Schwester!

Ist es nicht etwas viel?

Sie lebt in jedem Bild, und jedes ist anders.

Das kann ich nicht feststellen.

Weil du sie nicht geliebt hast.

Natürlich hab ich sie geliebt. Wie die ältere Schwester eben.

Gut, daß es heil ist. Das bringt Unglück, wenn das Bild eines Verstorbenen entzweigeht.

Es ist ja nicht entzwei.

Als hätte ich nicht genug Unglück. Dann auch das noch.

Herrgott, Mutter, es ist nichts passiert.

Na, Gott sei Dank. Gib her. Gib mir's. Und nenn mich nicht Mutter.

Ja, Mamma.

Er gibt ihr das Bild, sie legt es in ihren Schoß und streichelt es wie ein verletztes, zu Tode erschrockenes Schoßtierchen, das beinahe vom Auto überfahren worden wäre.

Johannes sieht das. Es verwirrt ihn. Er muß sich in die Arbeit an der Telefondose flüchten. Jetzt keine weitere Diskussion. Verzweiflung darüber packt ihn, daß er mit dieser Eigenart seiner Mutter – oder ist es eine Krankheit – nicht umgehen kann. Seine Mutter ist wahnsin-

nig. Sie ist verrückt. Sie lebt mit dieser vierundzwanzigjährigen Tochter. Lisa würde sagen, was willst du, so ist
sie nicht einsam.

Warum kann er das nicht so sehen?

14

    Lisa kann das.

Ihre Mutter, fünfundsiebzig Jahre alt, ist streckenweise
geistig verwirrt, lebt aber dennoch in ihrer Dreizim-
merwohnung. Paul, ihr Mann, ist vor dreißig Jahren
gestorben. Außer auf einem Foto, das ihn in Uniform
als Soldat zeigt, ist er der Mutter, die Lisa Ruth nennt,
nicht sehr präsent. Selten, fast nie erzählt sie von ihm.
Ruth telefoniert fleißig. Mal ganz sachlich, klare, infor-
mierende Anrufe, Tätigkeitsberichte, Rapporte fast.
Dann wieder wirre Einbildungen, Berichte von Menschen, die sie nicht in ihre Wohnung oder aus ihrer
Wohnung lassen wollen, die sie verfolgen, berauben,
erwürgen wollen. Schlingpflanzen, die durch die Fenster, ja sogar aus den Wasserhähnen wachsen.

Laß sie, die brauchen eben auch Wasser. Ist ja so trok-
ken draußen.

Derart sind Lisas Reaktionen. Sie, das einzige Kind, läßt das alles mit Seelenruhe über sich ergehen, gibt Ratschläge, entwarnt, beruhigt am Telefon, denn die Mutter wohnt fünfzig Kilometer entfernt. Lisa ist geduldig, nicht unbedingt liebevoll, aber eindeutig. Sie läßt sich nicht auf Diskussionen ein, sie widerspricht nicht, gibt aber auch nicht unbedingt recht. Sie tadelt und erzieht die Mutter nicht. Sie blendet durch Ruhe die Auslöser der Aufregungen aus, macht sie zunichte.

Einmal kam ein Anruf mitten in der Nacht. Lisa stand auf.

Das ist Ruth, das spüre ich. Hallo!

Lisa! Lisa! Es ist was ganz Schreckliches passiert!

Hallo Ruth, erzähl, was ist denn los?

Paul! Paul!

Was ist mit Paul?

Ich will gerade ins Bett gehen. Bin von einer weiten Reise zurückgekommen, will ins Bett gehen, da – da liegt Paul im Bett! Paul liegt in meinem Bett!

Ja und?

Paul liegt in meinem Bett.

Schläft er?

Jaja. Er schläft. In meinem Bett.

Schnarcht er?

Nein. Er liegt nur so da.

Läßt er dir keinen Platz?

Doch.

Na, dann leg dich doch zu ihm. Du hast Paul doch lieb, oder?

Jaja.

Na also, wo ist das Problem?

Ja, wenn du meinst, leg ich mich zu ihm. Gute Nacht, Lisa.

Gute Nacht, Ruth, schlaft schön, ihr beiden.

Lisa kam zurück ins Bett, erzählte die Geschichte und sagte am Ende lachend:

Ich wüßte nur gern, auf welcher langen Reise Ruth heute war.

Und sie drehte sich um und schlief.

Lisa kann das.

Warum kann er das nicht?

Aus Eifersucht?

Aus lebenslanger Eifersucht, aus Minderwertigkeitsgefühlen, die er als Junge gegenüber der Schwester hatte, diesem kleinen Biest, das die Gunst der Mutter, die Bewunderung bis zur Kritiklosigkeit ausnutzte. Dieser Mutter gönnt er es nicht, verrückt sein zu dürfen.

15

So, da haben wir die Dose. Allerdings der falsche Stecker. Naja, mal sehen.

Er rückt das Buffet noch etwas weg, sehr vorsichtig. Dann kriecht er dahinter und schraubt den Deckel der Telefondose ab. Jetzt liegt er ihr, die immer mit dem Rollstuhl so hinfährt, daß sie sehen kann, was er macht, zu Füßen. Und immer noch streichelt sie ihr Schoßtier.

Arme kleine Franzi.
Ah, da haben wir ja eine Doppelsteckdose. Sehr gut. Da ist Platz für den Trafo.
Hätte man dich nicht umgebracht.
Mamma!
Du wärest bei mir. Du würdest mit mir rausfahren ins Grüne.
Hör mal, Mamma!
Du würdest mich durch den Wald schieben. Arme kleine Franzi. Und du würdest singen dabei. Alle deine schönen Lieder.

Sie singt, summt, wiegt sich. Johannes unterbricht seine Arbeit, rappelt sich hoch, was ihm gar nicht so leichtfällt. Dann steht er vor ihr. Er weiß in diesem Moment, daß es falsch ist, was er tut, aber er kann nicht anders.

So entschieden steht er da, daß sie erschrickt. Instinktiv, als könnte er sie mit dem Schraubenzieher schlagen, fährt sie ein Stück rückwärts.

Mamma, ein für allemal, Franziska ist nicht umgebracht worden. Und du weißt es.
Pah!
Warum zum Teufel sagst du das immer wieder?
Bewiesen ist nichts.
Alle Anzeichen deuteten darauf hin, daß es ein Unfall war, oder Selbstmord.
Franzi und Selbstmord! Am Beginn einer solchen Karriere. Nein, nein, eine Mutter weiß das besser. Davon verstehst du nichts.
Können wir das Thema in Gottes Namen lassen?
Ich habe nicht damit angefangen.
Gut, gut, gut. Lassen wir es jedenfalls. Es führt doch zu nichts. Du willst die Tatsachen von damals nicht wissen – gut, lassen wir es.

Er bastelt weiter, vergleicht die Stecker des alten und des neuen Telefons, merkt, daß ihm der passende Stecker fehlt.

Kann man nicht beide Telefone so machen, daß sie funktionieren – das alte und das neue?
Kann man, ja.
Dann kann ich wie gewohnt mit dem alten telefonieren,

und wenn ich es brauche, in der Badewanne und auf dem Balkon und so, hahaha, mit dem neuen.

Okay, ja, das geht. Ich muß sowieso was besorgen. Da fehlt ein Adapter. Hier ist doch ein Laden – Elektro und so, nicht?

Ja, da vorne neben dem Italiener.

Gut. Auf hat er noch. Geh ich da mal schnell hin.

Er geht ins Bad, wäscht sich die Hände. Er muß jetzt raus hier, Zeit gewinnen, fliehen vor diesen unseligen Diskussionen.

Sie drückt das Bild von Franziska an ihre Brust und fährt zur Balkontür.

Ach, früher schien hier um diese Zeit die Nachmittagsonne herein. Von Mittag an bis zum Abend. Wir haben die Wohnung deshalb genommen. Was waren das für Sonnenuntergänge damals hinten über den Feldern! Und jetzt! Du siehst es selbst. Jetzt braucht man am späteren Nachmittag schon Licht.

Er ist wieder in das Wohnzimmer gekommen. Es ist tatsächlich schon dunkel. Das Haus mit den achtundvierzig Appartements steht sehr nahe, bedrohlich. Man kann die Arbeiter sehen, die an den Balkonverkleidungen arbeiten. Sie arbeiten mit Baulampen, grellen Strahlern. Johannes öffnet das Fenster. Lärm von Autos und von den Bohrmaschinen der Arbeiter drüben dringen herein. Die Mutter drückt die Tür sofort wieder zu. Dann schauen sie stumm auf das Gegenüber. Er stehend, sich auf der Lehne des Rollstuhls aufstützend, sie leicht an seine Hüfte gelehnt. Es ist nur ein Augenblick des Selbstvergessens. Schon bei den ersten Worten, die sie sagen, wird ihnen die Situation bewußt und sie verändern beide ihre Haltung.

Ich hab sie gezählt. Achtundvierzig Appartements.
Warum durften die das bauen? So nahe dran?! Hätte man da nichts machen können?
Die Eigentümergemeinschaft hat ja alles versucht. Aber ihr gehört der Grund nicht. Ich habe damals mehrmals mit dem Hausverwalter telefoniert. Ein vernünftiger Mann. Ich glaube, der hat wirklich alles getan, was ihm möglich war. Seine Mutter wohnt ja auch hier.
Ach der! Frau Sobeck sagt, er hat sich dort drüben auch um die Hausverwaltung bemüht.
So sind die Menschen.
Dein Vater hat immer gesagt, Martha, wir sind unverbaubar. Mit diesem Blick werden wir alt.
Sein frommer Wunsch.
Er hat das ja nicht mehr erlebt. Das steht im Kaufvertrag, sagte er, daß da nicht gebaut werden darf.
Ein Irrtum seinerseits.
So war er, er hat mir immer was vorgemacht. Irgendwas behauptet, was gar nicht stimmte. Einfach aus Bequemlichkeit. Um nicht diskutieren zu müssen. So war

er. Er ging Streit und Diskussionen immer aus dem Weg. Ich war da ganz anders. Ich habe gefordert, was mir zustand, und ich habe immer gesagt, was mir nicht paßte.

Ich glaube, er hat auch sich selbst was vorgemacht.

Daß du ihn immer entschuldigst.

Ich meine nur, er hat sich eingeredet, daß das im Kaufvertrag steht, und hat es dann selbst geglaubt.

Nein.

Was nein?

Er hat es gewußt, daß es nicht drinstand, und wollte es nicht zugeben.

Johannes schweigt, denn er weiß, daß sie recht hat. Der Vater war so. Er war schwach. Er ging immer den einfachsten Weg, machte ihr was vor, und das funktionierte, denn sie hatte von solchen Dingen keine Ahnung. Und er hatte seine Ruhe.

Mein Junge, dein Vater war ein Feigling.

War er nicht. Was soll das, warum machst du ihn jetzt schlecht. Immer wieder fängst du damit an. Ich will das nicht, ich lasse das nicht mehr zu. Ich habe mein Bild von meinem Vater –

Ich kannte ihn besser als du.

Und dieses Bild lasse ich mir nicht kaputtmachen.

Es hat dich doch aber damals sehr gestört, als du erfahren hast, daß er Nazi war. Und was für einer! Stolz auf

Deutschland war er und auf den Führer. Er war voll und begeistert dabei.

Sicher nicht mehr und nicht weniger als du.

In der Partei war er sogar!

Du nicht?

Ha, ich?! Ich war immer gegen die. Für mich und meine Eltern waren sie eine primitive Bande. Aber dein Vater, der hat sehr sehr laut Heil Hitler geschrieen. Da hättest du deine Freude dran gehabt. Du wärest auch mitgelaufen und hättest Heil Hitler gerufen. Weil du bist wie er.

Was soll das nun wieder?

Ihr habt ja nichts erlebt, habt uns Vorwürfe gemacht. Wir hätten uns wehren sollen. Wogegen wehrt ihr euch denn? Wehrt ihr euch gegen die Atomkraftwerke oder gegen das da draußen?

Das ist was anderes.

Hast du einmal demonstriert?

Nein.

Also. Und sie hätten dich nicht mal eingesperrt dafür.

Ich weiß. Aber darum geht es jetzt nicht.

Um was geht es dann?

Wir haben im Geschichtsunterricht die Dinge erfahren, die ihr uns immer verschwiegen hattet. Und die Sprüche über die Juden, die ich mir anhören mußte.

Ach, du weißt ja nicht, wie das mit den Juden damals war. Mein Vater hat am Krankenhaus gearbeitet. Da hat ein Jude seine Karriere verhindert. Und nicht nur seine. Ich könnte dir Beispiele sagen.

Also warst du auch Nazi. Du warst froh, daß man sie abholte, die Juden. Und wer hat das gemacht? Hitler, Goebbels und die ganze Bande.

Ich brauchte keinen Hitler und keinen Goebbels, um zu wissen, wie der Jude war.

Wie der Jude war. Gottogottogott! Lassen wir's. Bitte, lassen wir auch das Thema, Mutter. Es bringt nichts mehr.

Ich habe nicht damit angefangen.

Dann gehe ich also schnell mal zu dem Elektroladen. Bin gleich wieder da. Ich nehm den Schlüssel mit –

Mach das, mein Junge. Und komm schnell, daß ich noch was von dir habe – wenn du schon mal da bist.

Ich eile. Brauchst du sonst noch was?

Nein.

Er geht. Sie verharrt zunächst an der Balkontür, bis sie den Aufzug hört. Dann rollt sie zur Anrichte, nimmt den Hörer des neuen Telefons, das ja noch gar nicht an- geschlossen ist, und »telefoniert«. Dabei fährt sie, als müßte sie demonstrieren, wie beweglich man damit ist, im Raum herum.

16

Was mache ich da? Warum wieder und wieder diese Diskussion. Warum lasse ich mich darauf ein? Warum provoziere ich sie? Wir kommen doch keinen Schritt weiter, immer dieselben Argumente. Von ihr und von mir. Wo ist meine Gelassenheit? Habe ich Angst, ihr Zustand könnte mich an sie fesseln? Sie ist stark. Sie kann über neunzig werden. O Gott, nein, Herr, nimm sie zu dir, erspare mir ihre Ungeduld, ihre Ungerechtigkeit, ihre Rechthaberei. Erspare mir meine Ungeduld, meine Ungerechtigkeit, meine Rechthaberei. Sie ist dreiundachtzig Jahre alt. Reicht das nicht? Sie ist krank. Auch im Kopf. Darf man sich nicht den Tod eines solchen Menschen wünschen? Muß man sich das eigene Leben zerstören lassen, weil sie nicht sterben kann? Herr, gib ihr den Tod, den du dem Vater zu früh gegeben hast.

Sei gerecht!

Befreie mich.

Aber wozu?

Der vierseitig verspiegelte Innenraum des Aufzugs zeigt Johannes nicht nur ein blasses, von kaltem Licht erbarmungslos eingebleichtes Gesicht, sondern auch zweigeteilt die kahle Stelle am Hinterkopf. Er erschrickt. Ein alter Mann steht da. Säcke unter den Augen, graue Haare, faltiger Hals, ein Mann, der ihm fremd ist. Wie lange schon hat er sich nicht mehr bewußt im Spiegel betrachtet? Wann hat er zuletzt gesehen, daß diese Stelle am Hinterkopf so kahl geworden ist?

Lügt sein Spiegel zu Hause im Bad? Ist er denn, das fragt er sich, wirklich fast dreißig Jahre jünger als diese Mutter da oben?

Sie hat nach dem Tod des Vaters mit einundsechzig Jahren ein neues, ein erfülltes Leben begonnen. Über zwei Jahrzehnte war sie die Mutter, von der er sagen konnte, die ist nicht einsam, die kennt mehr Leute als ich, und wenn ich sie besuchen will, hat sie gar keine Zeit. Er hat das noch gesagt, als die Anzeichen schon anderes offenbarten, als die Einmischungen in sein Leben zunahmen und die Hilferufe schon unüberhörbar waren.

Er hat es sich einfach gemacht, hat es sich bequem zurechtgelegt, ohne die Veränderungen im Leben der Mutter zu berücksichtigen. Er hat den Alterungsprozeß, den er schon bei sich beklagte, bei der Mutter nicht wahrnehmen wollen. Er hat sich zu wenig gekümmert, hat nur an sich gedacht. Er war jahrelang kein Sohn.

Der Rollstuhl, sagt er zu dem fremden, alten Mann im Spiegel des Aufzugs, ist die Strafe.

Du hast sie verdient.

17

Hallo, meine Kleine! Hier ist deine Mutti. Wie geht es dir heute? Schön. Gut. Stell dir vor, ich hab jetzt ein neues Telefon. Drahtlos. Von Johannes. Jetzt kann ich überall mit dir telefonieren. Auf dem Balkon, in der Badewanne, in der Küche. Überall. Ja, das kennst du noch nicht. Drahtlos, das ist wie beim Fernsehapparat mit Fernbedienung. Man drückt auf die Zahlen, und der Apparat spürt, was man von ihm will. So ist das mit diesem Telefon. Da spreche ich hinein, und du spürst, was ich dir sagen will. Du hast recht. Dafür bräuchten wir dieses Telefon gar nicht. Trotzdem. Und dir geht es gut? Ja, das war anstrengend gestern, das glaube ich gern. Du warst so wundervoll. Doch, wirklich. Du sahst bezaubernd aus und hast wunderbar gesungen. Man hätte dir den ersten Preis geben müssen. Alle Leute, die das im Fernsehen gesehen haben, haben das gesagt. Du warst die Beste. Deine Mutti weiß das! Und deine Mutti hält immer zu dir. Du bist ja so begabt. Du wirst es schaffen. Du wirst noch mal ganz ganz groß herauskommen. Alle werden dich beneiden. Ein Star wirst du werden. Auf den größten Bühnen der Welt wirst du stehen. Inmitten von Blumen, und wunderschön wirst du sein. Du wirst dich in alle Herzen singen. Und unten wird deine Mutti sitzen und sehr stolz auf dich sein. Doch, mein Kind, meine Süße, deine Mutti glaubt an dich, doch, du, meine Süße, du. Mein Kindchen, mein kleines, klitzekleines Kindchen, du.

18

Hier am Tresen sitzen mehrere solche Männer wie der, den Johannes im Spiegel des Aufzugs gesehen hat. Ein älterer Mann, klein, blaß, schüttere blonde Haare mühsam über den kahlen Kopf gelegt, rauchend, traurig in sein Pilsglas starrend, als sei darin irgendeine Antwort auf alle Fragen des Schicksals zu finden, erinnert ihn an seinen Vater. Martin J. Seidel, das J. stand für Johannes, unehelicher Sohn einer Briefträgerin, aufgewachsen in einem Dorf, in jungen Jahren, so sagte man, erfolgreicher Vertreter, später abgeschoben, versteckt in einer bedeutungslosen Außenstelle, dem Vorfriedhof sozusagen für die unkündbaren Mitarbeiter, die man nicht mehr brauchte.

Johannes erinnert sich an die Todesanzeige der Firma:

Nachruf.
Am 13. Mai 1981 verstarb unser Mitarbeiter

Herr Martin J. Seidel

im Alter von 62 Jahren.

Der Verstorbene war über 30 Jahre bei uns beschäftigt und in unserer Schadenaußenstelle Hornigsheim als Gruppenleiter und stellvertretender Schadenaußenstellenleiter eingesetzt. Wir verlieren mit ihm einen zuverlässigen und verantwortungsvollen Mitarbeiter, der sich durch sein vorbildliches Ver-

halten im Kreise seiner Kollegen und der Unternehmungslei-
tung Ansehen und Freundschaft erwarb.

Wir nehmen Anteil an der Trauer der Angehörigen und werden
das Andenken des Verstorbenen in Ehren halten.

Geschäftsleitung, Betriebsrat und Mitarbeiter der HUB-FRANK-
FURT, Haftpflicht-Unterstützungs-Kasse kraftfahrender Beam-
ter in Deutschland e.G. in Frankfurt/Main

Mutter, die Tochter eines Landarztes, die in ihrem Mann
letztlich einen Versager sah, der weder beruflich Karriere machte noch sich um familiäre Angelegenheiten
kümmerte, bemerkte damals die Verachtung, die in der
Anzeige lag, nicht. Sie war, dachte Johannes manchmal,
genauso froh wie sein Arbeitgeber, ihn los zu sein. Sie
war stets der Meinung gewesen, einen besseren Mann
verdient zu haben. Ihre Schwester hatte den besseren
Mann, so viel war für sie sicher.

Dein Vater –

Wie er das kannte und fürchtete, wenn sie »dein Vater«
sagte. Da spürte er immer den Vorwurf dafür, daß er
dem Vater immer näher stand als ihr.

Dein Vater hatte überhaupt keinen Ehrgeiz. Er war mit
dem Einfachsten zufrieden. Wollte immer nur seine
Ruhe haben, nicht auffallen, sich nicht hervortun. Die,

die was geleistet haben, hat er verachtet. Die Wichtigtuer nannte er sie, die Vordrängler. Sogar Onkel Willi verachtete er, weil er Erfolg hatte und es zu etwas gebracht hat. Das war nicht seine Sache. Er wollte seine Ruhe haben. Die hatte er. Stellvertretender Schadenaußenstellenleiter!

Das konnte sie mit beißendem Spott in der Stimme aussprechen. Das war das Urteil über ihn.

Stellvertretender Schadenaußenstellenleiter. Was ist Ihr Mann von Beruf? Stellvertretender Schadenaußenstellenleiter. Ach!?

Sie wiederholt das mehrfach, lacht darüber und schaut Johannes dann prüfend an. Sie hat diesen leichten Spott im Gesicht, diese flackernden Augen, eine Keckheit, die sie erst nach Vaters Tod entwickelt hat. Unweigerlich kommt sie in solchen Momenten zum Ende ihrer Analyse:

Du kommst ganz nach ihm.

Johannes schweigt dazu, obwohl er diesen Giftpfeil spürt. Er weiß bis heute nicht, ob seine Mutter solche Bemerkungen berechnend macht, oder ob sie Ausdruck ihrer im Alter immer stärker gewordenen rücksichtslosen Überheblichkeit sind. Die Arzttochter, die es bereut, einmal den unehelichen Sohn der Briefträgerin geheiratet zu haben.

Franzi war ehrgeizig. Die wollte nach oben. Die war wie ich – und wäre der Krieg nicht gewesen – ach Gott!

Der Ruck durch den ganzen Körper, diese Haltung annehmende Korrektur, die dieser Johannes zum Überdruß bekannten Feststellung zu folgen pflegte, war in letzter Zeit nicht mehr so auffällig, war von Resignation begleitet, blieb aber immer noch mit dem starren Blick zum Franzibild auf dem Jugendstilbuffet, dem Hausaltar all ihrer Träume, Wünsche und Erinnerungen verbunden.

Dort oben stand ihr Märchen.

Davon abgesehen, daß es Johannes schon vor Jahren aufgegeben hat, diesen Ausführungen der Mutter zu widersprechen, beschleicht ihn in jüngster Zeit das Gefühl, daß sie im Prinzip recht hat.

Ja, er sieht seinem Vater nicht nur ähnlich – auf Fotos sehen die Fünfzigjährigen wie Zwillinge aus –, er ist auch wie sein Vater: untalentiert und ohne jeden Ehrgeiz.

Am Ende seines Berufslebens, und dieses Ende ist nah, wird er eine graue Maus sein, ein für das Funktionieren der Maschinerie unbedeutendes Teilchen, Angestellter einer Firma, deren Liquidation keine auch noch so kleine Meldung in der Zeitung wert wäre.

Noch ein Pils, bitte!

Nein, Vater hatte kein erkennbares Talent, nicht einmal zu dem, womit er recht und schlecht die Familie ernährte. Selbst die flotten Vertretersprüche, die Witzchen, die dürftigen Anekdoten aus dem Leben des früheren Handlungsreisenden in Sachen Versicherungen, über die der kleine Johannes noch lachen konnte, waren nach wenigen Jahren abgestanden, interessierten niemanden, die Mutter schon gar nicht. Vaters Berufswelt verschwand hinter einem Vorhang, um mit grandioser Logik erst in der Todesanzeige wieder aufzuerstehen.

Und was hätte er, Johannes, von seiner Firma wohl für eine Anzeige zu erwarten? Eine andere? Kaum.

Wir werden sein Gedenken in Ehren halten.

Was für ein Satz!

Was sagt er?

Solange sich noch irgend jemand in unserem Hause an Herrn Seidel erinnert, werden wir zustimmend nicken, wenn er sagt, daß Herr Seidel brav und anständig war, ein freundlicher Kollege, der nicht weiter auffiel, privat kannte man ihn nicht, er soll Familie gehabt haben, eine Tochter soll irgendwie tragisch umgekommen sein, Genaues weiß man nicht, ich glaube, Seidels wohnten in der Weststadt.

Herr Seidel fiel nicht weiter auf.

Herr Seidel hatte kein Gewicht.

Herr Seidel war unwichtig.

Überflüssig.

In dem Jahr, in dem Herr Seidel normalerweise pensioniert worden wäre, hätte er nicht praktischerweise vorzeitig das Zeitliche gesegnet, wird es in der Firma keinen mehr gegeben haben, der sich an Herrn Seidel erinnerte, nicht einmal einen Nachfolger, denn der Posten des stellvertretenden Schadenaußenstellenleiters wurde nicht mehr besetzt.

Noch ein Pils, bitte.

Ja, das ist die immer konkreter werdende Erkenntnis: Er kommt nach dem Vater. Ganz der Vater. Seidel senior und Seidel junior, einer wie der andere.
Da ist unauffälliges Verschwinden angesagt. Nach Brasilien gehen, im Busch verschwinden, sich auflösen.
Wäre er mit vierundzwanzig Jahren bei einem tragischen und mysteriösen Unfall ums Leben gekommen, er wäre über den eventuellen Kriminalfall hinaus bedeutungslos gewesen. Mutters Schmerz über den Verlust hätte sich in regelmäßigen Grabbesuchen und einem Foto an der Wand oder auf dem Nachttischchen erschöpft. Es hätte nicht, wie damals über Franziska, Zeitungsartikel gegeben.
Franziska war jemand, als sie starb. Sie war begabt, talentiert, auf dem Sprung zu einer Karriere. Sie hatte gerade einen Gesangswettbewerb gewonnen, hatte einen

Plattenvertrag, war Liebling der Boulevardpresse. Sie war eine kleine Berühmtheit geworden, von deren Seite die Mutter nicht mehr weichen wollte.

Er, Johannes, war eineinhalb Jahre bei der Bundeswehr, studierte dann recht und schlecht Architektur, schloß das Studium mittelmäßig ab, trank am Tag zehn Flaschen Bier und erwartete von der Zukunft schon nichts mehr. Er zeichnete Hallen. Fabrikhallen. Er tat das, was er auch heute tut.

Dreißig Jahre lang Hallen. Lagerhallen, Fertigungshallen, Fabrikhallen, Tennishallen, Supermarkthallen, Hallen, Hallen, Hallen. Römisch eins bis drei.

Sonst nichts.

Das ist die Wahrheit.

Zahlen, bitte.

Jetzt würde er gern hier sitzen bleiben. Sich am Tresen festtrinken. Erst schwer, dann leicht werden. Weinen. Sich bemitleiden. Über die Ungerechtigkeit reden und eins werden mit den gesichtslosen Nachmittagstrinkern, denen der unförmige Wirt mit der Entschlossenheit des Bessersituierten voller Verachtung das Bier hinstellt. Der hatte auch mehr vom Leben erwartet. Er denkt an ein Reihenhäuschen im Grünen, an einen Gartenbauverein, ein Schrebergartenhaus und an regelmäßigen Sex, während er hier steht, immer dicker und schütterer wird, sich eine Raucherlunge holt, ohne zu rauchen, und seine Frau vielleicht gerade im Begriffe ist, von einem jungen Elektriker an den Feierabenden das wahre Leben gezeigt zu bekommen: regelmäßigen Sex.

Im Schrebergartenhaus.

Johannes steht auf, geht nach draußen.

Er ist benebelt. Die Nachmittagsbiere ziehen einen Schleier vor. Die Menschen schleichen. Der Himmel ist Blei. Die Welt steht im Weg.

Der Rollstuhl, mein Gott!

Der ist auch sein Rollstuhl.

Der fesselt auch ihn.

Macht auch ihn unbeweglich.

Man wird jemanden finden müssen, der sich kümmert. Er kann das nicht. Will das nicht, bringt nicht soviel Liebe auf. Nein, er liebt sie nicht.

Und er hat ein schlechtes Gewissen deswegen.

Lisa. Sie weiß, wie man das macht, sich um eine Mutter kümmern, die man nicht liebt.

Du darfst die Kriege nicht führen, die sie anzettelt. Sei Pazifist. Wenn sie dich auf die Wange schlägt, halte ihr die andere hin. Nur so geht es. Hör einfach zu, egal, was sie redet, wen sie beleidigt, was sie für Vorurteile in die Welt setzt. Hör einfach nur zu. Sei Therapeut. Denke, du wirst fürs Zuhören bezahlt. Und so ist es ja. Wenn sich jemand anderes kümmert, mußt du ihn bezahlen. So sparst du das Geld. Und jede Wette: sie hält das für Liebe und ist dankbar.

Lisa. Die Perfekte in allen Lebenslagen. Die Pragmatikerin.

Weißt du, wir machen es am Nachmittag. Am Morgen brauch ich meinen klaren Kopf für die Arbeit, und am Abend bin ich zu müde.

Da kannten sie sich einen Tag. Also machten sie es am Nachmittag. Er konnte sich das so einrichten. Später machten sie es mittags, wenn Lisa vom Gericht kam. Das konnte er sich mühelos so einrichten. Im letzten halben Jahr mußte er sich nichts mehr einrichten. Sie hatte es auf ein paar wenige Sonntagmorgen verschoben, meistens, wenn sie am Samstagabend gestritten hatten.

Die Leidenschaft läßt eben irgendwann nach. Da mußt du mit leben. Ich auch.

Vor vier Wochen, an dem Tag, an dem sie ihn verließ, schlief sie am Morgen mit ihm. Es war ein Dienstag. Sie tat es mit klarem Kopf.

Damit wir wissen, was wir verlieren.

Sagte sie und verließ ihn.
Lisa.
Wie soll er ohne sie leben?

Er muß sie anrufen. Sofort. Auf dem Handy. Ihre neue Festnetz-Nummer hat er nicht. Sie hat es nicht für nötig gehalten, ihm ihre neue Nummer mitzuteilen. Ob sie schon wieder jemanden hat?

The person you have called is not available.

Keine Mailbox.

Das ist Absicht. Das geht gegen ihn. Sie will nicht erreicht werden. Sie fürchtet seine weinerlichen Anrufe. Sie will es nicht hören, daß er ohne sie nicht leben kann. Sie kann ohne ihn leben. Sie ist für ihn nicht mehr erreichbar.

Not available.

Sie steht nicht mehr zur Verfügung. Sie hat ein neues Leben. Ohne ihn. Ohne seine Wehwehchen, sein Gejammer, seine Talent- und Mutlosigkeit, sein Selbstmitleid.

Not available.

Keine fröhliche Morgenlisa mehr, die ihn mit einem Kuß weckt. Nicht mehr ihre Arme um seinen Hals, ihre Wärme, ihr Geruch, ihre eingerissenen Fingernägel, der schiefe Eckzahn, der leichte Flaum auf der Oberlippe. Nicht mehr dieser Körper auf dem Bett in ihrem sonnendurchfluteten Zimmer. Nicht mehr ihre Leidenschaft. Nicht mehr die zwei Gesichter, das über und das unter ihm. Die er beide so liebt.

Not available.

Sie hat ihn aus ihrem Lebenserwartungsspiel rausgezählt.

Es ist auch deine Freiheit. Nutze sie.

Eins, zwei, drei und du bist frei.

Eck, Speck, Dreck und du bist weg.

Franziska konnte immer so abzählen, daß er der Verlierer war. Dann heulte er, stampfte mit den Füßen auf und lief zur Mutter.

Du bist doch ein Junge. Ein Junge weint nicht.

Und er weinte doch.

Franziska weinte nie. Sie verlor nie. Ihr gelang alles. Alle bewunderten sie. Mit einem unsichtbaren Netz fing sie die Herzen der Menschen ein. Zu viele Herzen am Ende vielleicht. Und sollte es doch Mord gewesen sein, dann jedenfalls eines zuviel. Über den Tod hinaus, der für kurze Zeit ein Fall für Kripo und Presse war, schlug ihr nur noch das Herz der Mutter. Deren Trauer ergoß sich in einer Franzi-Devotionaliensammlung. Sorgsam heftete sie alles ab, was über den Fall erschien, sammelte Briefe tief betroffener Mitbürger, schnitt Fotos aus, legte Ordner an, dokumentierte das junge Leben der Tochter. Solange der Vater noch lebte, ruhte dieses Leben in Schubladen. Nach seinem Tod zerrte sie alles hervor, schuf in jedem Zimmer einen Franzi-Altar, machte die Wohnung zum Museum.

Franziska lebt, vierundzwanzigjährig, fünfunddreißig

Jahre nach ihrem Tod bei ihrer Mutter, Martha Seidel, Ahornweg 16f, dritter Stock, Wohnung 7.

Franziska lebt.

Und Lisa?

Not available.

Ich brauche dich doch. Komm zurück. Laß uns das tun, was wir uns einmal versprochen haben.

19

Martha sitzt im Rollstuhl auf dem Balkon, leicht fröstelnd. Johannes kommt. Sie hört ihn, schaut nach ihm. Er hat ein Tütchen mit Sachen in der Hand, legt das auf den Tisch und kommt zu ihr heraus. Er lehnt sich an die Tür.

Wenn ich ein paar Jahre jünger und gesund auf den Beinen wäre, ich würde noch mal hier wegziehen.

Wohin?

Weiter raus, ins Grüne. In unser Häuschen. Ach, ich hab es doch sehr geliebt, unser kleines Häuschen. Und den Garten. Gott, dieser Garten! Die Eichhörnchen, die Vögel, unser Igel. Doktor Adenauer hat Vater ihn immer genannt. Schaut nur, da kommt ja unser Doktor Adenauer, hat er immer gerufen. Der kam jahrelang zu uns. Wie alt werden Igel? Weißt du das?

Nein, keine Ahnung.

Warum weißt du so was nicht?

Was habe ich mit Igeln zu tun? Ich sehe nur die platt-gefahrenen. Warum weißt du's nicht?

Ich glaube, sie werden ungefähr elf.

Ich hab mich nie für die Natur interessiert.

Oh, ich schon. Ich habe sie geliebt. Wir hätten das Haus nie verkaufen dürfen. Das war Vaters Idee. Er hatte keine Lust mehr an der Gartenarbeit. Es war ihm alles zu viel. Und ich dachte, ja, in die Stadt. Etwas mehr Luxus. Kultur. Oper, Theater. Das war doch von da draußen immer ein Riesenaufwand.

Mamma, es war nicht Vaters Idee.

Jetzt in dem Haus wohnen!

Er wollte dort bleiben.

Dort alt werden, wäre das schön.

Entschuldige, Mutter, aber du könntest dich dort mit diesem Rollstuhl nicht gut bewegen. Denk an die engen Räume, die schmalen Türen, die enge Treppe nach oben, die Stufen in den Garten. Nicht auszudenken.

Darüber hast du dich damals schon beschwert.

Ach! Hätte ich dort gelebt, dann wäre es gar nicht so weit gekommen. Ich hätte gesünder gelebt, was weiß ich.

Ja, was weiß man.

Dann wäre Franzi bei mir geblieben und – und das alles wäre gar nicht passiert.

Nein, nicht wieder argumentieren und widersprechen. Sie reden lassen. Ihr nicht sagen, daß Franzi doch gestorben ist, als man noch im Haus lebte. Nicht wiederholen, was sie einfach ignoriert hat, daß es nicht Vaters, sondern ihre Idee war, das Haus zu verkaufen. Ach könnte er doch mal wie Lisa sein und einfach sagen, ja, liebste Mutter, vermutlich wäre das alles nicht passiert, wenn ihr im Haus geblieben wäret, aber freu dich doch, Mutter, denn Franzi lebt ja jetzt bei dir.

Er kann es nicht und möchte das hinausschreien:

Ich kann es nicht!

So, ich werde das mal fertigbasteln.

Bleib noch. Ein paar Minuten. Genieße es hier draußen. Wenn die Arbeiter weg sind, ist es sehr still. Das ist die schönste Zeit hier.

Aber es ist kühl.

Es war schon auch primitiv da draußen. Diese Nachbarn! Gott, wenn ich an diese Nachbarn denke! Spießer! Ich habe auch oft gelitten da draußen.

Ich auch.

Meine Mutter auch. Aber was hätten die tun sollen. Die Praxis ging sehr gut. Mein Vater war ein guter Arzt. Aus allen Dörfern kamen sie. Manchmal sogar mit den Tieren.

Ihr habt es doch genossen hier. Vater leider nur das eine Jahr. Aber du – das war doch ein neues Leben.

In die Oper und ins Theater sind wir kaum gekommen. Vater hatte plötzlich an all dem kein Interesse mehr. Das hatte er nie. Woher auch? Der Blick hier über die Felder und die Sonnenuntergänge haben mich immer getröstet und für alles entschädigt.

Die in den Appartements da auf der Rückseite des Hauses, die haben jetzt deinen Blick und deine Sonnenuntergänge.

Ja, sie haben sie mir gestohlen, meine Sonnenuntergänge.

Aber sie bauen dahinter auch schon. Das geht immer so weiter. Man kann nichts machen. So, ich mach mal da drin weiter.

Mir ist auch kalt. Fahr mich bitte hinein.

Er schiebt sie hinein und schließt die Tür.

Du riechst nach Bier.
Ja, ich hab eins getrunken, unten, in der Kneipe.
Eins?
Zwei, wenn du's genau wissen willst.

Er geht zum Buffet, rückt es vorsichtig noch ein Stück ab, kriecht dahinter, beginnt zu basteln. Sie fährt sich so hin, daß sie ihm zuschauen kann.

Ein guter Laden da unten. Hatte alles da. Ein freundlicher Mann. Das ist ja doch immer wieder gut, daß es hier alles gibt. Jede Art Laden.

Er bastelt. Sie schaut zu.

Du hättest Handwerker werden sollen.

Na, ich weiß nicht.

Schreiner zum Beispiel. Du hast immer so schöne Laubsägearbeiten gemacht. Gut, das brauchte keiner. Aber es war immer perfekt. Du hattest so viel Geduld. Und Geschick. Jawohl, du warst geschickt. Doch, das muß man sagen. Wir haben uns immer gewundert, wo du es herhattest. Vater und ich, du lieber Himmel, wir konnten doch keinen Nagel gerade in die Wand schlagen, und Franzi war Künstlerin. Hochmusikalisch.

So. Nun müßten wir schon einen Ton haben – ja. Klappt. Ich hab das schon zu Hause aufgeladen. Sonst müßte man acht Stunden warten. Du mußt das Drahtlose immer wieder mal auf diese Basisstation hier legen, damit es sich wieder auflädt. Aber wenn es aufgeladen ist, kannst du es ruhig mal über Nacht am Bett liegen haben. – Hörst du mir zu?

Als Handwerker hättest du dein Auskommen.

Ich habe mein Auskommen.

Gute Handwerker werden gebraucht.

Gute Architekten auch.

Bist du ein guter Architekt?

Meine Firma bezahlt mich dafür.

Ja?

Eine wirklich liebende Mutter würde voraussetzen, daß ihr Sohn ein guter Architekt ist, wenn er Architekt ist.

Oh, das habe ich mir früh abgewöhnt, zu glauben, mein Sohn ist der Klügste und der Beste.

Was soll das denn jetzt?

Na, bei deinen schulischen Leistungen!

Ach, so schlecht waren die wieder nicht.

Immerhin bist du einmal hängengeblieben.

Das sagtest du heute schon einmal. Scheint dir sehr wichtig zu sein.

Eine Feststellung, mehr nicht.

Vielleicht erinnerst du dich, was in dem Jahr war, als ich sitzengeblieben bin.

Was soll gewesen sein?

Es war das Jahr, wo ihr euch trennen wolltet, Vater und du.

Ach, nun sind wir schuld.

Eine Feststellung, mehr nicht.

Das habt ihr doch damals gar nicht mitbekommen, was da zwischen Vater und mir war. Wir haben so sehr auf euch Rücksicht genommen. Und wäret ihr nicht gewesen, hätten wir uns getrennt.

O ja, ihr habt für uns das Opfer gebracht. Danke sehr im nachhinein.

Sei nicht so zynisch.

Schweigen. Er probiert die Telefone aus, schraubt den Dosendeckel fest. Er schwitzt und verbeißt sich in die Arbeit, will keinen Krach, keine Diskussion. Er geht in den Flur, holt den Staubsauger, saugt den Dreck hinter dem Buffet weg. Zu kleinen Würstchen gedrehter Staub. Was machen diese Putzfrauen eigentlich? denkt er.

Ja, wir haben Opfer gebracht. Das tun Eltern. Und sie werden nicht immer belohnt dafür.
Was wäre der Lohn? Ewiger Gehorsam, oder was?
Dankbarkeit. Wenigstens ein bißchen Dankbarkeit hätte man gern. Und daß sich die Kinder fragen: Wäre ich das, was ich bin, auch geworden, wenn ich nicht diese Eltern gehabt hätte?
Manche fragen sich: Wie bin ich das geworden, obwohl ich diese Eltern hatte.

Lauernd schaut er sie an. Sie pumpt nach Luft, schweigt aber. Er rückt das Buffet an die Wand, legt die Kabel hinter die Anrichte, stellt die beiden Telefone nebeneinander und betrachtet sein Werk.

Gott, ich weiß noch, wenn ich zu den Elternsprechtagen ging. Vater hat sich davor immer gedrückt. Das war meine Sache.

Er räumt das Werkzeug wieder in den Kasten, bringt

ihn in den Flur. Als er zurückkommt, ist Martha schon ans Buffet gefahren und ordnet die Franzi-Bilder, soweit sie sie erreichen kann.

Sieh mal da oben in dem Regal nach. Da – da oben, neben dem Lexikon. Da liegen zwei Mappen. Eine schwarze und eine rote. Da sind eure Zeugnisse drin. Die schwarze Mappe sind deine. Die rote sind Franzis. Hol sie mal.

Mamma, mich interessieren die Zeugnisse nicht. Ja, ich war ein schlechter Schüler. Und? Was spielt das für eine Rolle? Und Franziska hatte bessere Zeugnisse. Das willst du mir doch sagen.

Es ist einfach Tatsache, daß sie durch die Bank bessere Noten hatte. Sie war nie gefährdet. In allen Fächern gut.

Und? Was hat es ihr geholfen?

Wie roh du bist!

Nur eine Feststellung.

Medizin hättest du nie studieren können.

Ich wollte auch nie Medizin studieren.

Franzi wollte Medizin studieren.

Und was hat sie studiert? Nichts. Schlager hat sie gesungen.

Sie hatte das Zeug zu einer großen Karriere.

Als Schlagersängerin.

Das waren keine Schlager. Lieder. Jawohl, Lieder, wunderschöne Lieder hat sie gesungen.

Mit kitschigen Texten.

Das ist nicht wahr.

Wir haben uns in der Schule darüber lustig gemacht.

Weil ihr dumme Jungs wart.

Ich habe mich damals geschämt, wenn dich das interessiert.

Das interessiert mich nicht.

Da ist sie wieder, ihre Sturheit, die, gibt man nicht nach, zum großen Streit werden kann. Wie oft schon sind sie auseinandergegangen, um wochenlang nichts voneinander zu hören. Anfangs war das für Johannes meist eine Befreiung, aber mit der Zeit schlichen sich doch Selbstvorwürfe ein. Sie ist alt, sagte er sich, sie ist einsam, sie ist irgendwie auch vom Leben enttäuscht. Sie hatte als junge Frau andere Vorstellungen vom Leben. Der Krieg und ihr Mann, beide sind zur selben Zeit in ihr Leben getreten und fast miteinander identisch, haben viel davon zerstört. Franziskas Tod hat sie nie verarbeitet. Sie droht verrückt daran zu werden. Das neue Leben, das sie nach Vaters Tod führte, ist zu Ende. Und jetzt der Rollstuhl, so plötzlich, für einen Menschen, der so agil war, Spaziergänge machte, weite Wanderungen, Ausflüge. Warum, fragt sich Johannes, warum erzählt sie nichts darüber, wie das so plötzlich gekommen ist?

Ich bin der einzige Angehörige, sagt sich Johannes immer wieder, ich kann mich der Verantwortung nicht entziehen, ich muß mich um sie kümmern.

Er fuhr, wenn er sie im Streit verlassen hatte, irgend-wann wieder zu ihr, sie freute sich, und sie tat, als habe es nie einen Streit gegeben. Sie, die aus Hochmut und Trotz mit vielen Menschen Streit hatte, die Leute ablehnen konnte, so daß sie nie eine Chance bei ihr bekamen, Barbara zum Beispiel, sie hielt sich für den friedfertigsten Menschen der Welt.

Der Vater stritt nie mit ihr. Er schwieg, ließ sie recht haben, entzog sich, wurde unsichtbar.

20

Franzi hätte eine Karriere gemacht und dann hätte sie Medizin studiert. Wie Marianne Koch.

Was weiß man.

Wenn sie nicht ermordet worden wäre.

Mutter! Ein für allemal, Franziska ist nicht ermordet worden. Rede dir das nicht ein. Es war Selbstmord.

Nein! Das hätte sie mir nie angetan.

Allenfalls war's ein Unfall.

Was weißt du denn!

Wir wollten das Thema lassen. Aber du fängst immer wieder damit an.

Ich. Ich weiß doch, wie es war. Du leugnest es doch. Wie alle. Alle leugnen es.

Mutter. Noch einmal, ein letztes Mal: Es gab Zeugen

damals. Eine Freundin von Franziska, Molly, war mit auf dem Fest. Es wurde dort viel getrunken, und es wurden Drogen genommen. Ob du es hören willst oder nicht, in Franziskas Leiche wurden die Drogen in hoher Dosis festgestellt. LSD. Es waren sechs Menschen in dieser Küche, als Franziska aus dem Fenster fiel. Alle wurden von der Kripo verhört. Keiner von denen kam als Täter in Frage. Und keiner hätte sie, ohne daß die anderen es bemerkt hätten, aus dem Fenster stoßen können. Sie ist selbst hinaufgeklettert, hat sich auf das Sims gesetzt. Das hat Molly so gesehen. Franziska war durch die Drogen entweder leichtsinnig und fiel aus dem Fenster, oder sie war depressiv an dem Abend und ist aus dem Fenster gesprungen. Dafür gibt es Anhaltspunkte. Ihr Freund und Produzent, dieser Rolf, hatte eine Woche vorher mit ihr Schluß gemacht. Das hat Franziska sehr mitgenommen.

Er ist der Mörder. Er hat sie umgebracht.

Unsinn. Er war an dem Abend gar nicht auf dem Fest.

Er hat sie auf dem Gewissen.

Nicht mal das. Man kann nicht mal von moralischer Schuld sprechen. Es hatte schon lange gekriselt zwischen ihm und Franziska. Er wollte das nicht mehr mitmachen. Sie war voll auf Drogen. Er wollte sie produzieren, aber sie war gar nicht in der Lage, zu schreiben und zu singen, geschweige denn aufzutreten.

Das denkst du dir alles aus.

Es ist die Wahrheit. Und du kennst sie. Vater und ich

haben damals mit Rolf gesprochen. Er hat das glaub-
haft dargestellt. Auch der Kripo gegenüber. Du willst es
nur nicht wahrhaben. Was soll's, was rede ich, wir haben das doch hundertmal durchgekaut. Vater hat verstanden, was passiert war.

Vater?! Dein Vater! Dem war doch alles völlig egal, was
mit euch war. Erziehung, das ist deine Sache, hat er gesagt.

Ach, Mamma, das hat doch gar keinen Sinn, mein Gott.

Er geht nervös auf und ab, würde jetzt gern gehen,
findet keinen Absprung, sieht verstohlen auf die Uhr,
schaut sich wütend im Raum um. Wo er auch stehen-
bleibt, Bilder von Franziska. Sie zeigen nicht das Bild,
das er von Franziska im Kopf hat. Es sind gestellte
Fotos, ihren Karriereambitionen angepaßte Posen.
Autogrammkarten. Einige zeigen sie mit bekannten
Liedermachern. Sie suchte deren Gesellschaft damals,
sang im Background, hatte Verhältnisse, glaubte, über
diese Kreise zum Durchbruch zu kommen. Burg Wald-
eck, Loreley, Sylt und Amrum waren die Stationen.
Und Mutter meist im Schlepptau, stolz in der ersten
Reihe beim ersten Soloauftritt. Johannes mag diese Bilder nicht. Er fühlt sich von ihnen regelrecht bedroht.
Sie symbolisieren für die Mutter all das an Perfektion,
was der Sohn nie imstande war einzulösen. Franziska
mußte nichts einlösen. Sie liegt in dieser Wohnung,
mumifiziert, für immer schön, jung, erfolgreich, in der

Unfehlbarkeit der tragisch Umgekommenen. Da gibt es keine Unzulänglichkeit, kein Versagen, keinen Mißerfolg. In Mutters Kopf ist diese Tochter perfekt.

Franzi war so lebenslustig. Niemals hätte sie sich umgebracht.

Sie kann high gewesen sein. Ein Unfall.

Nein. Sie hatte damit nichts zu tun. Das behauptest du nur immer.

MeinGott, warum müssen wir immer wieder über dieselben Dinge streiten!

Ich streite nicht.

Aber du willst die Wahrheit nicht akzeptieren.

Deine Wahrheit.

Die Wahrheit.

Nur eine Mutter kennt die Wahrheit über ihr Kind.

Das sagst du!

Das hätte mir meine Franzi nie angetan.

Sie hat es sich angetan. Sie war voll in der Drogenszene damals. Darüber gibt es keinen Zweifel. Die Obduktion hat das ergeben. Aber was rede ich immer dasselbe. Du machst dir ein völlig falsches Bild von ihr. Du siehst sie, wie du sie sehen willst. Ach, was rede ich. Sie ist seit über dreißig Jahren tot! Laß sie ruhen, laß sie in Frieden. Häng dir ein Bild hin und nicht hundert.

Du dummer Junge! Was weißt du denn? Was verstehst du denn von Gefühlen! Die Frauen werden wissen, warum sie dich verlassen haben. Jawohl!

Hör auf jetzt!

Meine Liebe zu Franzi wird ewig bestehen. Über ihren Tod hinaus und über meinen. Was ist der Tod schon? Ein Anfang, sonst nichts.

Das, denkt Johannes, wird sich Franziska vielleicht auch gedacht haben.

Darum wollte sie fliegen.

»Der Tod ist der Anfang eines nie endenden Fluges«, diese Zeile kam in einem Lied von Franziska vor.

Johannes nimmt das Mobilteil des drahtlosen Telefons ab und wählt, indem er auf und ab geht und so die Mobilität, die man mit diesem Telefon hat, sichtbar macht. Er kriegt keinen Anschluß, legt wieder auf.

Ist nicht zu Hause.

Wen wolltest du anrufen?

Einen Freund. Ich brauche jemanden, der zurückruft, damit ich testen kann, ob es funktioniert. Hab mein Handy blöderweise im Auto.

Er wählt eine andere Nummer. Auch kein Anschluß.

... ... das entschieden mit Brasilien?

den – von der Firma her. Ich muß ja

en meine Entscheidung.

Schweigen. Sie fährt zum Fenster, starrt hinaus.

Auf mich mußt du keine Rücksicht nehmen.

Mutter!

Die wenige Zeit, die mir noch bleibt, komme ich allein zurecht.

Wie du das schon sagst.

Was soll ich sagen? Soll ich dich anflehen, dazubleiben, damit du mir das dann jahrelang vorhalten kannst?

Mamma, ich wollte das mit dir sachlich besprechen.

Da sind wir ja gerade dabei.

Ich weiß das seit vorgestern. Es ist reizvoll. Aber jetzt – diese neue Entwicklung mit dir – und diesem Ding – jetzt habe ich ein schlechtes Gewissen. Ich hätte das Gefühl, dich im Stich zu lassen.

Ach, das ist ja ein ganz neues Gefühl!

Wenn ich wüßte, daß du jemanden hast, der dir hilft, der täglich kommt, dich spazierenfährt, dir einkauft –

Mir reicht Frau Sobeck völlig. Ich will sonst niemanden sehen. Ich habe meine Franzi.

Mutter! Sie kann dir nicht helfen. Wie du ihr nicht helfen konntest. Wir sollten uns ernsthaft und sachlich darüber unterhalten. Ich engagiere jemanden, der gegen Bezahlung für dich da ist. Das muß es doch geben.

Für Geld gibt's alles. Ich will das aber nicht. Wenn jemand für mich da ist, dann, weil er das gern tut, weil es ihm ein Bedürfnis ist, weil er mich liebt. Wie ein Sohn seine Mutter.

Merkst du eigentlich, daß du mir gar keine Wahl läßt?
O nein! Mein lieber Junge, nein. Geh nur, geh. Ich habe
es schon einmal gesagt: Ich komme wunderbar allein
zurecht. Ich brauche niemanden. Ich habe nie jemanden gebraucht. Nicht einmal deinen Vater. Ich bin nicht
allein. Ich bin nicht einsam. Und mit dem Ding hier,
das geht doch schon ganz gut, nicht – da – und da und
juchuh und heissa!

Sie fährt wie verrückt im Raum herum, dreht sich im
Kreis, atmet dabei schwer, droht sich völlig zu veraus-
gaben. Er will sich ihr in den Weg stellen, sie festhalten.
Sie schlägt mit den Armen um sich und nach ihm. Ein
Anfall, denkt er. Sie ist tatsächlich verrückt. Das ist ein
Anfall. Er sollte sie lassen. Wenn ihr Herz diesen Roll-
stuhltanz, den sie da veranstaltet, erträgt, ist es gut.
Wenn nicht, ist es auch gut. Johannes lehnt sich an die
Tür zum Balkon und beruhigt sich. Er schaut ihr zu,
und sie ist eine fremde Verrückte für ihn. Eine in der
Fußgängerzone ausrastende, aber auch selbstvergessen
sich verausgabende Verrückte, mit der er nichts zu tun
hat. Man bleibt einen Moment stehen, sorgt sich allenfalls ... sich der oder die Fremde verletzt, hat
... Moment damit schon nichts mehr zu
... zt in dieser Sekunde sterben würde,
... s wäre in Ordnung. Zum ersten Mal
... at für diesen Gedanken. Wir tun uns
... od eines nicht unbedingt geliebten,

aber doch nahestehenden Menschen, wenn wir für unser Empfinden seinen Tod als einen schönen, beneidenswerten Tod einstufen können.

Geht das nicht schon wunderbar! Ich werde dort hinausfahren, und in den Lift und in die Stadt und durch die Straßen und in die Parks werde ich fahren, wie diese vielen tapferen Rollstuhlfahrer. Und ich werde in einen Rollstuhlfahrerverein gehen und an Tanzveranstaltungen für Rollstuhlfahrer teilnehmen, und ich werde mit allen Rollstuhlfahrern in der Stadt zu Demonstrationen rollen für die Rechte der Rollstuhlfahrer! Wir werden Bordsteinkanten abschaffen und Treppen!

Sie fährt an die Stereoanlage, drückt auf eine Taste. Musik. Franziska singt. Vom Tanzen singt sie, vom Fliegen und auch vom Tod.
Das Lied.
Ihr Lied.

Komm, tanz mit mir. Komm, darf ich bitten, der Herr?!

Sie nimmt seine Hände, zwingt ihn, sich zu drehen, was er widerwillig und hilflos tut.

Wunderbar ist das. Sie tanzen sehr gut, mein Herr! Und jetzt rechts und eins und zwei und dann links und eins und zwei und gedreht und von vorne. Hui!

Sie singt den Text des Liedes mit. Sie hat den Sohn so eisern im Griff, daß er nicht anders kann, als bis zum Ende des Liedes mit ihr zu tanzen. Dann ist das Band zu Ende. Sie sitzt mitten im Raum, hitzig, erschöpft, aber aufgeputscht. Er setzt sich, ebenfalls erschöpft, in einen Sessel.

Oh, das ist ein ganz neues Leben! Ich habe nicht gewußt, wie wunderbar es ist, im Rollstuhl zu sitzen. Warum darf ich das jetzt erst erfahren? Und du!? Warum kaufst du dir keinen Rollstuhl? Du brauchst doch einen Rollstuhl. Wie kannst du ohne Rollstuhl leben? Alle Menschen sollten im Rollstuhl sitzen. Die ganze Welt, die ganze Menschheit sollte in Rollstühlen sitzen. Stell dir das vor! Alle im Rollstuhl! Es sollte verboten sein, daß jemand ohne Rollstuhl in die Öffentlichkeit geht. Bei hoher Strafe.

Sie kann darüber völlig übersteigert lachen, daß es ihm geradezu gefriert.

Mamma, hör auf.

:nn ich jammere und mich beklage?

21

Da sitzt sie, hat rote Wangen und flackernde Augen. Johannes kennt diesen Zustand. Es ist ein Schwebezustand, der in beide Richtungen kippen kann. Mal entsteht daraus härtester Streit, weil sie die ganze Welt für ihre Defizite im Leben verantwortlich macht. Und manchmal bekommt sie ein ganz glattes, aufgeregtes Jungmädchengesicht und beginnt von früher zu erzählen.
Das ist selten.
Jetzt lächelt sie.

Dein Vater war ein guter Tänzer. War das ein begnadeter Tänzer. Ich hab ihn beim Tanzen kennengelernt. Neununddreißig, ein paar Wochen vor dem Krieg. Ich glaube, ich hätte mich in ihn nicht verliebt, wenn er nicht so gut getanzt hätte. Er war so schüchtern, hat nichts gesprochen. Aber wenn er tanzte, war er ein anderer Mensch. Wir hätten ein ganzes Leben nur miteinander tanzen sollen. Wir tanzten damals den ganzen Abend miteinander. Ich war verliebt. Er auch. Aber er sprach nicht mit mir. Kam immer wieder nur, um mich aufzufordern. Dann war er weg, verschwunden. Nach zwei Wochen stand er vor der Tür und fragte mich, ob ich ihn heirate. Ich muß furchtbar gelacht haben. Mein Gott, ich war neunzehn, er zwanzig. Ich will Sie heiraten, sagte er, ich muß ins Feld, und da will ich Sie vorher heiraten. Wir vertagten das. Aus dem Feld schrieb er mir. Schöne Briefe. Ich schrieb ihm auch. Unsere Liebesgeschichte hat mit Briefen begonnen. Er war in Polen an der Front. Nach einem Jahr hatte er zwei Wochen Heimaturlaub. Wir bestellten das Aufgebot. Zur Hochzeit hatte er einen Tag frei. Ich stand in der Kirche in meinem Hochzeitskleid, er in Uniform. Vor der Kirche wartete der Lastwagen. Sie mußten sofort weg. Lauter junge Männer. Sie waren so begeistert und fröhlich und wollten für den Führer den Krieg schnell erfolgreich beenden. Wir hatten nicht mal eine Hochzeitsnacht. Dann hab ich ihn drei Jahre nicht gesehen. Aber er lebte, das wußte ich. Er schrieb Briefe. Die waren nicht mehr so begeistert. Er hat von diesen Jahren später nie erzählt. Nichts. Dreiundvierzig im Frühjahr kam er, war verwundet, durchs Bein geschossen. Das, sagte er, ist meine Lebensrettung, jetzt sterben sie draußen alle. Erst war er im Lazarett, dann kam er nach ein paar Wochen nach Hause. Wir wohnten ja bei meinen Eltern. Da holten wir unsere Hochzeitsnacht nach. Als sie merkten, daß er wieder gesund war, holten sie ihn wieder. Diesmal ging er nicht so begeistert. Franzis Geburt konnte ich ihm nicht einmal mitteilen. Der Brief kam zurück.

Plötzlich schweigt sie, als wäre es ihr peinlich, so erzählt zu haben, oder als hätte sie den Faden verloren. Leicht verwirrt ist sie.

Erzähl weiter, bitte.

Ja. Wußtest du, daß er ein Deserteur war?

Nein.

Am Ende war er ein Deserteur. Sie hätten ihn sofort erschossen, wenn sie ihn erwischt hätten. Fünfundvierzig wollten sie ihn gegen die Russen schicken. Himmelfahrtskommando. Er lief ihnen einfach davon, schlug sich in Zivilkleidung bis nach Hause durch. Im Juni kam er. Ein Häufchen Elend, aber heil und gesund. Er mußte sich noch verstecken, bis im September die Engländer kamen. Ach, dann kam erst das Elend. Er hatte ja nichts gelernt, keinen Abschluß gemacht. Und war in der Partei. Die kriegten erst mal keine Arbeit. Bis das dann mit den Versicherungen losging. Da war er am Anfang gut. War überhaupt nicht mehr schüchtern. Er konnte den Leuten alles verkaufen. Aber zu Hause still, fast stumm. Seltsam, oder?

Ja. Habt ihr euch nach all den Jahren, nach dem Krieg meine ich, noch geliebt?

Wir waren verheiratet. Er war mein Mann. Ich weiß das, andere haben nicht gewartet, haben sich getröstet. Das kam für mich nicht in Frage. Liebe, Liebe, was ist das? Ihr redet immer vom Geschlechtlichen, wenn ihr von Liebe redet. Alles muß ausgesprochen und gezeigt werden. Im Fernsehen, diese Programme, alles wird gezeigt. Ich will das nicht sehen. Ich gucke diese Programme nicht mehr. Die kannst du rausmachen. Für uns war das alles nicht so wichtig. Ich habe mit deinem

Vater zweimal Verkehr gehabt. Das waren die zwei Kinder. Deine Schwester und du. Danach wollte ich das nicht mehr. Er mußte das akzeptieren.

Johannes schweigt peinlich berührt.
Sie macht so eine kleine aufmüpfige Bewegung mit dem Kopf, die besagen will, ist mir doch egal, ob er mußte oder nicht, ich wollte das so, fertig, hatte er sich zu fügen. Er hatte sich ja auch gefügt. Ob er sich auf den langen Reisen, die ihn oft nur am Wochenende zur Familie führten, das geholt hat, was sie ihm verwehrte, weiß Johannes nicht. Er kann sich nur an jene eine freundliche Frau erinnern.

Du hast schon lange nicht mehr so erzählt.
Ich muß an all das denken. Man hat ja so viel Zeit, wenn man hier sitzt und auf den Tod wartet.
Hör auf, vom Tod zu sprechen, Mamma.
Schau mich an.
Ach! Erzähl noch.
Nein, reden wir nicht von mir. Reden wir von dir. Du willst weggehen, obwohl du immer sagst, daß du hier gute Arbeit hast. Warum willst du weggehen?
Es ist – es wäre eine Herausforderung. Noch mal was ganz anderes –
Es ist eine Flucht.
Nein.
Was dann? Sag es. Sag es mir.

Es wäre ein Neuanfang. Eine ganz andere Ecke der Welt, ein anderer Kontinent, ein anderes Land. Neue, andere Menschen. Neue Aufgaben. Brücken abbrechen und neue bauen.

Ihr baut doch nur Hallen.

Ich meine, was ganz Neues ausprobieren. Sich noch mal fordern. Eine Herausforderung annehmen. Nicht einrosten.

Wie dein Vater! So hat er geredet, als er glaubte, mich und euch einfach verlassen zu müssen. Nach Amerika wollte er. Dieselben Sätze hat er gesagt. Und was war am Ende?! Er kam reumütig angekrochen. Wollte wieder bei uns sein, konnte ohne uns nicht sein. Geweint hat er wie ein Kind. Und ich war so dumm, ihn wieder aufzunehmen.

Was war daran dumm?

Weil in Wirklichkeit diese andere Frau dahintersteckte. Die wollte das alles. Dann hat sie einen anderen, einen Reicheren gefunden und ist mit dem losgezogen. Und er kam angekrochen. Ein Häufchen Elend.

Ich kann mich gut erinnern. Es war traurig.

Es war peinlich. Höchst peinlich war es.

22

Dir ist deine Freundin weggelaufen. Jetzt bist du einsam. Und du hast Angst vor dem Alleinsein. Darum willst du weg. Es ist also doch eine Flucht. Vor der Einsamkeit. Du bist einsam.

Nein, verdammt noch mal, nein.

Was sagen deine Freunde dazu?

Fragt man Freunde, wenn man so was beschließt?

Du hast keine Freunde. Stimmt's?

Natürlich habe ich Freunde.

Du hattest auch als Kind keine Freunde. Du warst immer ein Einzelgänger. Franzi hatte immer tausend Freunde und Freundinnen und hat sie mit nach Hause gebracht. Du hattest nie jemanden. Ich kann mich nicht erinnern, daß du je einen Freund nach Hause gebracht hättest. Freundinnen schon gar nicht. Man wußte nie was von dir. Heute muß ich darüber lachen, aber damals glaubten wir schon, daß du homosexuell bist. Weil du nie eine Freundin hattest. Und plötzlich warst du verheiratet. Ohne uns was davon zu sagen!

Weißt du wirklich nicht, warum ich nie eine Freundin mitbrachte, warum ich nichts erzählt habe?

Ich war so offen für alles. Du hättest jede mitbringen können.

Ach!

Jawohl, das war ich, offen für alles.

Ich will dir erzählen, wie offen du warst. Ich war sechzehn und hatte auf einer Fahrradtour ein Mädchen aus Belgien kennengelernt. Ich war verliebt. Wir schrieben uns. Fast jeden Tag kam ein Brief. Und eines Tages komme ich von der Schule nach Hause und höre dich und Franziska lachen. Ich gehe in die Küche, und da sitzt Franziska am Tisch – ich sehe sie noch genau vor mir. Und sie hatte einen Brief meiner Freundin aufgemacht und las ihn laut vor. Es war ein Liebesbrief. Und ihr habt darüber gelacht.

Die Geschichte denkst du dir aus.

Ach! Ich denke mir die aus!

Es werden harmlose Briefe gewesen sein.

Es waren die ersten Liebesbriefe, die ich bekam. Danach habe ich mir geschworen, sie erfahren nichts von mir, und das habe ich durchgehalten. Bis heute.

Franziska hat mir all ihre Briefe vorgelesen, sogar gegen Ende die ihres Liebhabers. Die wurden dann von der Kriminalpolizei beschlagnahmt. Hätten die sie wirklich gelesen, dann hätten sie gewußt, daß er der Mörder war.

Ich sage dazu nichts mehr.

Sie schweigen beide. Doch dieses Schweigen ist ihm unerträglich. Sie ist trotzig und stolz. Sie wirkt, denkt Johannes, als säße sie schon ewig im Rollstuhl. Es scheint ihm so selbstverständlich, sie so zu sehen, obwohl sie viel kleiner und zierlicher wirkt als vorher. Er muß, sagt er sich, das Leben mit dem Rollstuhl endlich thematisieren. Er muß fragen, wie sie zurechtkommt, sich Sorgen machen, ihr die Hilfsbereitschaft zeigen, ihr Leben zu organisieren. Aber, das denkt er auch, er wird nicht nach Brasilien gehen können. Sosehr er in den letzten Tagen und Stunden noch unentschieden war, sosehr würde er gerade jetzt zusagen wollen. Doch das wird wohl nicht möglich sein. Oder doch? Man kann das organisieren. Es gibt Hilfsdienste. Er wird mit Barbara reden, die bei einem solchen Hilfsdienst arbeitet. Es kann doch, verdammt noch mal, nicht sein, daß seine berufliche Karriere durch diesen Rollstuhl eingeschränkt wird.

Die Sonne ist jetzt ganz hinter dem gegenüberliegenden Appartementhaus verschwunden. Es wird dunkel. Die Mutter sitzt noch immer am Fenster und starrt nach draußen. Das Gegenüber, ohne Lichter, weil noch nicht bewohnt, wird zu einer grauen, bedrohlichen Wand.

23

Ich werde dich nicht besuchen können.
Nein. Das ist klar. Aber ich werde kommen. Die Firma zahlt mir mehrere Flüge nach Hause. Also im Notfall – in die nächste Maschine und am selben Tag bin ich da. Ich mache keine Reise mehr. Oh, und ich wäre gern ge-

reist. Immer. Das scheiterte immer an deinem Vater. Er wollte nicht weg. Reisepläne hatte er dann mit einer anderen, mit diesem Flittchen.

Mutter, hör mir bitte zu: für mich ist das eine einmalige Chance. Ich bin nie gereist, das weißt du. Ich war nie in Amerika. Und auch sonst nirgends. Jetzt ist die Möglichkeit, noch mal rauszukommen.

Und weit weg von der alten kranken Mutter. Aus den Augen, aus dem Sinn. Sich nicht mehr kümmern müssen. Mußt du alles auf dich beziehen.

Sie weint plötzlich.

Ich habe nur noch wenig Zeit. Ich bin ein Mensch von einem Tag. Und jetzt bin ich auch noch an diesen Stuhl gefesselt. Das ist nicht so einfach, wie du denkst. Da muß ich sehen, wie ich zurechtkomme.

Ich helfe dir, wie und wo ich kann.

In Brasilien!? In ein Heim gehe ich nicht – wenn du das planst!

Davon ist doch kein Rede.

Ich kann mich bescheiden. Ich kann vom Geringsten leben. Ich brauche nicht viel. Nur das Nötigste zum Leben. Zum Überleben.

Du hast Geld auf dem Konto. Ich hab genug Geld. Wir werden alles tun –

Ich geh hier nicht raus.

Natürlich nicht.

Die Wohnung ist ganz bezahlt. Darauf hat dein Vater immer Wert gelegt. Keiner kann mich hier raushaben wollen, keiner.

Ja, Mamma.

Keiner.

Niemand will dich hier raushaben. Wenn ich weggehen sollte – noch hab ich mich ja nicht entschieden.

Nicht?

Sollte ich gehen, ich – ich werde Barbara bitten, sich um dich zu kümmern.

Nein!

Sie wohnt in der Nähe.

Ich will sie hier nicht sehen. Diese Person! Wie die mit dir umgesprungen ist.

Wir haben uns gütlich getrennt.

Mit meinem Jungen ist sie so umgesprungen.

Lassen wir das. Vergiß es.

Schweigen.

Wir sollten das Telefon ausprobieren. Jemanden anrufen. Wen können wir bitten, daß er zurückruft?

Niemand. Ich will niemand anrufen.

Frau Sobeck.

Die ist nicht zu Hause. Sie ist bei ihrem Sohn auf dem Land.

Es wird doch in deiner Bekanntschaft jemanden geben, den man bitten kann, dich anzurufen.

Ich bitte niemanden.

Mamma!

Ich ruf doch nicht irgendwelche Leute an, um sie zu bitten, mich anzurufen.

Was wäre dabei?

Ich rufe doch die Leute sonst auch nicht an.

Du wirst doch hier in der Stadt jemanden kennen, der –

Nein.

Onkel Willy, was ist mit dem?

Der hört das Telefon doch nicht. Ist doch fast taub. Daß der noch in dem Haus wohnt, na, das wird ein Schweinestall sein bei dem.

Okay, ich gehe hinunter zum Auto und rufe dich vom Handy aus an. Paß auf, schau, du nimmst, wenn es klingelt, das Mobilteil ab und schon hast du mich in der Leitung. Wenn du das Mobilteil nicht auf der Basisstation liegen hast, sondern sonstwo, neben dem Bett, in der Küche, auf dem Balkon, dann mußt du, wenn es klingelt, diesen grünen Knopf drücken, dann hast du die Leitung. Genauso machst du es, wenn du telefonieren willst.

Ja.

Hast du mir zugehört?

Ja.

Sie hat nicht zugehört.

Hast du das verstanden?

Jaja. Natürlich.

Sicher?

Ich werde doch noch telefonieren können.

Gut, dann gehe ich.

Du könntest bei dem italienischen Restaurant für uns
Pizza holen. Ich habe Lust auf Pizza. Wir trinken ein
Fläschchen Wein dazu und machen es uns noch ganz
gemütlich.

Ja. Wenn du meinst.

Er schaut auf die Uhr.

Hast du noch so viel Zeit?

Ja. Doch. Eine Stunde noch. Was möchtest du für eine
Pizza?

Mit Pilzen.

Gut. Bis gleich.

Er geht in den Flur. Die Tür fällt ins Schloß. Sie lächelt,
fährt vor das Buffet, schaut verträumt zu Franziska
hinauf.

Er ist ein guter Junge. Er wird uns nicht verlassen. Ich
verspreche es dir.

24

Draußen wird es dunkel. Martha sitzt im Rollstuhl, das Mobilteil in der Hand und wartet auf den Anruf. Beide Telefone läuten. Martha drückt auf die grüne Taste, zittrig, aufgeregt, bemüht, alles richtig zu machen.

Hallo! Ah, du bist's – – – Ja, hab ich. Geht tadellos. – – – Ja, ich höre dich gut. Mein Junge, stell dir vor, wir haben Besuch! – – – Eine Überraschung. Bring doch noch eine Pizza mit. Auch mit Pilzen, ja. Jaha, bis gleich!

Sie legt das Mobilteil auf die Basisstation und ist zufrieden. Sie fährt an den Tisch.

Der gute Junge. Hab ich dir das schon erzählt? Stell dir vor, er hat mir ein neues Telefon mitgebracht. Drahtlos. Weißt du, das funktioniert wie die Fernbedienung beim Fernsehapparat. Ohne Strippe. Da kann man überall telefonieren. Im Bett, in der Badewanne, auf dem Balkon, überall. Das kennst du nicht, nicht wahr? Weißt du, er will nach Brasilien gehen. Seine Firma will ihn da hinschicken. Wer weiß, ob ich ihn je wiedersehe. Also wenn du mich fragst, dann ist das nur ein Davonlaufen. Er kommt mit dem Leben nicht zurecht. Er ist einsam. Keine Freunde, keine Frau. Nur die alte Mutter hat er. Und vor der hat er Angst. Darum will er weit weg von ihr. Ja, er hat Angst vor mir. Und er hat Angst davor, mich pflegen zu müssen. Ich spüre alles, was er denkt. Ich weiß immer, wie es ihm geht. Ich durchschaue ihn ganz und gar. Das merkt er, und darum hat er Angst vor mir. Darum will er fliehen. Er hält mich für verrückt – wegen all dieser Bilder hier. Und überhaupt. Er kommt mit den normalen Menschen schon nicht zurecht, da macht ihm eine verrückte alte Mutter angst. Und eine hilflose im Rollstuhl erst recht. Aber da verrechnet er sich. So einfach rennt man vor mir nicht davon. Das ist schon eurem Vater nicht gelungen. Es wird ihm auch nicht gelingen. Denn mit einem schlechten Gewissen kann er nicht leben. Nein, meine Liebe, der verläßt uns nicht. Die Arme einer Mutter reichen weit. Ich werde ihn festhalten, ohne daß er es merkt, drahtlos. Jawohl. Es wird sein Wunsch sein, bei mir bleiben zu dürfen. Er ist nur ein Mann. Männer können mit einem schlechten Gewissen nicht leben. Wie findest du mich im Rollstuhl? Oh, ich kann das schon gut. Wenn du mal schauen möchtest!

Sie fährt quer durch den Raum, dreht sich, kommt zurück, macht noch ein paar Drehungen, tanzt beinahe schon wieder, kommt zum Stillstand.

Das hab ich schnell gelernt, was?! Es ist ganz einfach. Es ist nichts dabei. Wenn man das will, kann man das. Ich kann alles, was ich will. Das weißt du, nicht

wahr? Da! Er kommt! Psst, verhalt dich ganz ruhig.
Es ist doch eine Überraschung, daß du da bist! Psst!
Still.

25

Wieder war da der fremde alte Mann im Spiegel des
Aufzugs. Johannes ignorierte ihn. Mit dem hat er sich
nichts zu sagen.
Tapfer ging er an der Kneipe vorbei und holte sein
Handy aus dem Auto.
Er mußte jetzt dringend mit einem vernünftigen Men-
schen sprechen.
Lisa.
Er wählte wieder ihre Handynummer.
Not available.
Verdammt noch mal. Es gibt doch nur Lisa. Ja, tatsäch-
lich, es gibt in seinem Leben keinen Menschen, den er
jetzt anrufen könnte, um mit ihm über sein momenta-
nes Befinden zu reden, außer Lisa.
Und die gibt es nicht mehr. Wird es vielleicht nie mehr
geben.
Er rief die Mutter an. Tatsächlich klappte das.
In der Pizzeria trinkt er, während er auf die Pizzen
wartet, zwei Biere.
Sie hat Besuch.

Was wird das für ein Besuch sein?

Egal. Oder vielleicht ganz gut. Das neutralisiert, verallgemeinert vielleicht die Gespräche, verhindert diese ständigen Gefechte zwischen ihnen.

Er ist müde. Würde sich jetzt gern drüben an die Theke setzen und sich vollaufen lassen. Einfach vollaufen lassen. Bis zum gnädigen Vergessen.

Er wird das tun.

Später.

26

Johannes kommt mit drei Pizzakartons ins Wohnzimmer. Es ist noch dunkler geworden. Auf dem obersten Absatz des Buffets, die Franzibilder beleuchtend, brennen zwei Kerzen. Und eine Kerze steht auf dem Tisch, so daß Johannes sofort sehen kann, daß für drei Personen gedeckt ist. Er macht im Flur Licht an.

Wir haben Besuch!

Aber warum macht ihr kein Licht?

Ach es war so gemütlich. Wir haben uns viel erzählt.

Er kommt an den Tisch, staunt, denn er sieht niemanden. Er stellt die Pizzen ab, schaut die Mutter fragend an. Die ist ganz aufgeräumt, sitzt an ihrem Platz, voller Erwartung.

Mutter, was redest du, hier ist niemand.
Eine Überraschung. Franzi ist da!
Nein!
Willst du deine Schwester nicht begrüßen!
Aber da ist niemand – das ist – das ist doch – Mamma!
Mamma! Was soll das?!
Komm, mein Junge, sei höflich und begrüße unseren Gast.
Das ist doch Wahnsinn!
Nein, das ist Franzi – unsere Franzi. Erkennst du sie denn nicht?
Mamma, erklär mir das bitte, was das soll!
Was soll ich dir erklären, was du selbst sehen kannst.
Nein, Mamma, bitte, bitte. In diesem Raum sind wir beide, ja? Und sonst niemand, ja? Ist das klar?
Nun steh hier nicht rum. Servier die Pizza, mach einen Wein auf. Im Eisschrank ist ein guter Weißer.
Mamma, ich mach das nicht mit. Das –
Hörst du das, Franzi-Schätzchen, er macht das nicht mit. Er will nicht mit uns zu Abend essen. Schade. Wir haben uns sehr gefreut.
Mamma, das kannst du doch nicht machen!
Du kannst es nicht.
Nein, das kannst du mit mir nicht machen.
Nun stell dich nicht an. Was ist schon dabei, wenn

Franzi mit uns am Tisch sitzt. Schau – schau, wie schön sie ist.

O Gott!

Ist sie nicht wunderschön?

Das ist Wahnsinn.

Sie ist deine Schwester. Du sagst doch selbst immer, sie ist nicht ermordet worden. Du hast recht. Da sitzt sie!

Mamma!

Er packt sie an den Schultern und schüttelt sie durch.

Mamma! Sag, daß das nicht wahr ist.

Faß mich nicht an!

Sag, daß ich träume.

Was fällt dir ein.

Mamma, bitte, bitte – das ist ein schlechter Scherz.

Benimm dich, wie es sich gehört, wenn Besuch da ist.

Mamma, du bist –

Reiß dich zusammen. Setz dich an den Tisch und sei freundlich und höflich, wie es sich gehört.

Du bist verrückt, ja, verrückt, Mamma, hörst du, wach auf – Mamma, du bist verrückt.

Und wenn ich verrückt bin? Was macht das? Wem schadet das? Was bist du? Bist du nicht verrückt? Nein, du bist nicht verrückt. Das würdest du dich gar nicht trauen, verrückt zu sein. Schon wegen deiner Firma nicht. Nein, dann könnte dich deine Firma nicht brauchen, wenn du nur ein klitzekleines bißchen verrückt wärest. Nein, nein, unser lieber Junge ist ganz ganz normal.

Mamma, warum machst du das?

Entschuldige, Franzi. Er weiß sich nicht zu benehmen.

Er setzt sich auf den zweiten Stuhl am Tisch und vergräbt das Gesicht in den Händen. Martha beginnt, die Pizzen auszupacken.

Ja, mein Junge, ich bin verrückt. Jawohl, deine Mutter ist verrückt. Und ich bin gern verrückt. Das ist gut für mich. Das hilft mir. Verrückt lebt es sich besser. Schau dir die alte Schachtel nebenan an. Sie ist ganz normal – und unglücklich und einsam. Weil ich verrückt bin, bin ich nicht einsam und allein. Ich habe den Menschen um mich, den ich am meisten liebe. Und der mich am meisten liebt. Das ist schön. Wunderschön. Das hast du nicht. Darum bist du einsam. Darum willst du fliehen. Darum willst du nach Brasilien.

Hör auf. Bitte, hör endlich auf. Halt endlich den Mund.

Was fällt dir ein, deiner Mutter den Mund zu verbieten!

Sie schlägt nach ihm. Er duckt sich instinktiv. Das hat er schon als Kind getan, denn es war immer ihre Art, unvermittelt zuzuschlagen.

Entschuldige.

Und nun sei lieb zu unserer Franzi. Sie ist der liebste Mensch, den es gibt. Und wenn du es willst, liebt sie auch dich.

Du redest von Liebe. Du!? Was weißt du denn von Liebe? Du hast nie jemanden geliebt. Dich, ja, dich hast du geliebt, nur dich. Du hast Vater nicht geliebt, du hast mich nicht geliebt, nur sie. Und was liebst du da? Bilder von ihr, ein Phantom. Deine Einbildung. Einen Menschen, den es so, wie du ihn siehst, nie gab. Das liebst du, dieses Etwas aus Lügen und Unwahrheiten.

Wie armselig du bist.

Das liebst du, weil du Menschen nicht lieben kannst.

Armselig und einsam bist du.

Was weißt du denn von mir?

Sei still jetzt.

Nichts weißt du.

Sei sofort still!

Herrisch sitzt sie da. Er schweigt. Schaut sich um, starrt voller Entsetzen auf das dritte Gedeck auf dem Tisch. Er will fliehen, will weg, aber er ist wie angewurzelt.

Er meint es nicht so, Franzi. Er ist etwas einsam. Wir müssen mit ihm Geduld haben.

O Gott, o Gott, o Gott!

Und nun benimm dich, wie es sich gehört. Wie du es bei mir gelernt hast.

Nein! Nein!

Ist das so schwer zu verstehen? Wer ist hier eigentlich verrückt? Du doch. Jawohl, mein Junge, du bist das, wofür du mich hältst. Du bist einsam und allein und das macht dich verrückt. Die Frauen, die du geliebt hast, haben dich verlassen. Wenn du aus deiner Firma nach Hause gehst, bist du allein. Du hast keine Freunde. Du hattest noch nie welche. Du hattest immer nur deine Mutter. Und die hast du immer noch und das weißt du, und darum bist du hergekommen. Weil du deine Mammi brauchst. Nicht weil du Mitleid mit ihr hast, nein, du hast mit niemandem Mitleid.

Mamma, ich –

Du bist nie erwachsen geworden. Du willst nicht erwachsen werden. Du willst dich an mich hängen. Du willst mir meine letzten Tage, die ich noch habe, zerstören.

Was soll das? Du hast mich angerufen.

Du bist berechnend. Du bist hinter dem Erbe her. Trifft sich gut, was. Mamma sitzt schon im Rollstuhl. Da kann es nicht mehr lange gehen. Du bringst mir ein Telefon ohne Strippe, damit du mich Tag und Nacht mit Anrufen terrorisieren kannst. Aber da täuschst du dich. Das lasse ich mit mir nicht machen. Ich werde das Ding in die Kommode legen oder in den Eisschrank, ja, in den Eisschrank! Haha, da erfrieren dir deine Anrufe, deine Hilferufe. Hilfe! Hilfe! ruft es im Eisschrank, Mamma, Mamma, hilf mir! Aber da wird niemand antworten. Ist das nicht eine wunderbare Vorstellung: Du sitzt in Brasilien, bei vierzig Grad im Schatten, heiß, Sonne, und du rufst deine Mamma an, verzweifelt, weil du wieder einmal mit dem Leben nicht klarkommst, und es klingelt im Eisschrank, hahaha.

Mamma, ich werde jetzt gehen.

Hört man das draußen, wenn es im Eisschrank klingelt?

Ich weiß es nicht, Mamma, und es interessiert mich auch nicht.

Du bist technisch so begabt. Warum weißt du das nicht? Komm, wir probieren das aus!

Nein, Mamma, ich werde dich jetzt verlassen, ich gehe jetzt.

Sei still. Wann du gehst, das bestimme ich.

Ich bin kein Kind mehr. Mutter, du hast vergessen, wie alt ich bin. Es ist viel Zeit vergangen. Deine Befehle erreichen mich nicht mehr. Du kannst mir nichts befehlen. Die da, die ist dein kleines Kind, dein Mädchen. Die Franzi von vor dreißig Jahren. Ja, Mamma, setzen wir uns zu ihr. Essen wir mit ihr, sprechen wir mit ihr und alles wird gut sein.

Er setzt sich mit einem Anflug von Souveränität an den Tisch, verteilt die drei Pizzen, gießt dreimal Wein ein, prostet zu, trinkt und ist sich für einen Moment dessen sicher, daß er nach Brasilien gehen wird, gehen muß. Er muß das hier nur noch zu Ende bringen. Er wird für Betreuung sorgen. Morgen wird er mit Barbara reden. Man muß einen Heimplatz finden. Es geht so nicht mehr. Es ist gefährlich. Sie ist verrückt. Sie wird hier gar nicht leben können. Wie soll das gehen auf Dauer?

Prost Franziska, prost Mamma!

Die Mutter ist verwirrt, versteht diesen Umschwung nicht, schaut ihm irritiert zu. Plötzlich kann oder will sie diese Rolle nicht weiterspielen. Franziska ist nicht mehr da, hat sich in Nichts aufgelöst. Die Mutter versucht, der neuen Situation etwas Positives für sich abzugewinnen. Da sitzt der Sohn, friedlich, gut gelaunt. Was war denn vorher? Haben sie gestritten? War Besuch da? Man ißt Pizza. Wo kommt die her? Warum ist er da?

27

Er steht auf, fast wie in Zeitlupe. Jetzt nichts mehr stören, nichts zertreten, kein neues Thema mehr, nur noch raus, raus. Luft bekommen. Sie haben die Pizza gegessen, auch die dritte Portion. Johannes ist flau im Magen. Martha sitzt immer noch am Tisch. Sie wirkt jetzt müde und klein.

So, ich muß mich beeilen. Also, Mamma -
Plötzlich alles so schnell?
Ich ruf dich an und sag dir, wie das Gespräch gelaufen ist. Meine Zusage hängt natürlich von den Konditionen ab. Es muß sich rentieren und mich weiterbringen.
Auf mich mußt du keine Rücksicht nehmen. Du sollst frei sein in deiner Entscheidung. Du siehst, ich komme gut klar. Wir haben uns und sind nicht einsam. Franzi ist ja bei mir. Immer. Und Brasilien ist ja nicht das Ende der Welt. Jetzt, wo ich drahtlos überall telefonieren kann. Und im Notfall bist du mit der nächsten Maschine schnell da.
So ist es, Mamma. Also, Wiedersehn, Mamma.

Sie fährt ein Stück bis zur Flurtür mit. Er geht gefaßt, winkt ihr noch mal zu.

Bis bald, Mamma.
Bis bald, mein Junge.

Er geht. Die Tür fällt ins Schloß.

28

Martha schaut noch einen Augenblick hinterher, dreht sich dann mit dem Rollstuhl und fährt zum Tisch, wo noch Franzi sitzt. Oder nicht? Doch, natürlich sitzt sie da. Sie wohnt doch hier. Sie hatten Besuch. Johannes war da.

Da geht er hin, dein Bruder. Zu den Brasilianern! In den Busch wollen sie ihn schicken. Weg damit, den brauchen wir hier nicht mehr bei Krause & Sohn. Was glaubst du, meine Liebe, was wird er tun? Er geht nach Brasilien, glaubst du? Nein. Er wird nicht gehen. Sein schlechtes Gewissen wird das nicht zulassen. Nein, dieser gute Junge läßt doch seine arme, verrückte, im Rollstuhl sitzende Mammi nicht im Stich! Nein, das tut der nicht!

29

Irritiert, deprimiert, Erleichterung im Alkohol suchend, steuert Johannes wieder die Kneipe an. Bei Toni. Der Name war ihm am Nachmittag gar nicht aufgefallen. Der Wirt, Toni wird er wohl heißen, begrüßt ihn, soweit er überhaupt zu einer Äußerung fähig ist, wie einen alten Bekannten und stellt ihm ohne zu fragen sofort ein Bier hin.

Das sind die Lokale, in denen man als Mann nach drei Besuchen die Chance hat, Stammgast zu werden. Johannes liebt diese Kneipen mehr als die Szene-Kneipen, in die ihn Lisa führte. Es sind die Kneipen, in die man allein gehen muß, um das Leben partiell Revue passieren zu lassen. Hier findet man unter Gleichen zu der Euphorie, mit der sich das Leben ertragen läßt. Und man erfährt die verpfuschten Leben anderer, oder das, was die für ihr Leben halten. Nur selten allerdings hält das, was hier gesprochen wird, am nächsten Morgen dem kritischen Blick stand. Aber die Euphorie des Abends, mit in den Schlaf genommen, läßt alle überleben.

Die Euphoria, sagt Max, der Malerfreund, immer, die Euphoria hält uns am Leben.

Die Euphoria.

Ein Vertretertyp, der sich dann auch als Vertreter für Markisenstoffe entpuppt, erspart es den Stammgästen, die zum Teil am Nachmittag schon hier waren, für die Konversation zu sorgen. Mit verhaltener Neugier betrachten sie den Alleinunterhalter, sind ihm Publikum genug.

Er ist Schwabe und widerlegt lautstark den sprichwörtlichen Geiz derselben, indem er ab und zu eine Runde ausgibt. Der unausgesprochenen Nötigung, dasselbe zu tun, kommen die anderen eher zögerlich nach. Gut gelaunt ißt der Vertreter zwei Frikadellen und referiert darüber, daß man dort, wo er herkomme, die Frikadellen derart zubereite, daß man das gekochte Suppen-fleisch durch den Wolf drehe und daraus die Frikadellen in ansonsten üblicher Weise herstelle. Und mit noch größerer Begeisterung schwärmt er von den Maulta-schen, die man dort, wo er wie gesagt herkomme, zube-reite. Das seien schlechthin die besten Maultaschen der Welt. Die Frage, wo auf »der Welt«, außer in Schwaben, überhaupt Maultaschen hergestellt und gegessen wer-den, stellt niemand.

Er heißt Alfred, und alle sollen Alfred und du zu ihm sagen, und er flicht in seine Erzählungen schwäbische Redensarten ein, die hier jedermann fremd sind. Dar-über hinaus erweist er sich beispielreich als jemand, der auch in allen anderen deutschen Dialekten durchaus zu Hause ist, was er mit einer vokalreichen Suada darüber beweist, wie man in den verschiedenen Dialekten ein, zwei oder drei Eier bestellt. Mit sparsamem Lächeln und kollegialem »Prost Alfred« zollen die anderen, so auch Johannes, Anerkennung.

Mit kühnem Schwung die Krawatte auf Halbmast zie-hend, legt Alfred nach. So hält er zum Beispiel die Be-schäftigung mit Politik aus seiner Sicht für entbehrlich, denn wenn man wie er über den deutschen Tellerrand blicke, würden sich einem die wahren Belange der Welt von selbst erschließen. Er wisse alles über die Pinguine in Neuseeland und über die Dinosaurier, und mit sei-nem Wissen über die Eskimos gehe er jederzeit in eine Fernsehsendung, in der man für Alles-über-ein-Thema dicke Kohle abräumen könne. Seine wahre Leidenschaft – neben dem weiblichen Geschlecht natürlich – seien Kreuzworträtsel. Das Kreuzworträtsel, ruft er in einer Lautstärke, die den Wirt denn doch zu einer beschwichtigenden Geste veranlaßt, das Kreuzworträtsel, das er nicht einfach so fehlerfrei hinschreibe, müsse erst erfunden werden.

Für eine weitere Runde glaubt man ihm das, aber zu seinem Angebot, ihnen einen Satz zu diktieren, bei dem jeder von ihnen, wie er das einschätze, mindestens drei Rechtschreibfehler mache, läßt man sich nicht überreden.

Ich sage nur: Libyen! Libyen! Bei neunzig Prozent schon der erste Fehler!

Johannes verspürt Nestwärme. Bereitwillig läßt er sich in die bierselige Kameraderie fallen, und er bestellt schließlich für die Nacht, wie Alfred auch, eines der drei Gästezimmer über der Kneipe. Morgen wird er sich um die Mutter kümmern, mit dem Arzt sprechen, Weichen stellen, Erika Zumgibel anrufen und Brasilien absagen, Barbara treffen und mit ihr über eine Betreuungsmöglichkeit für die Mutter verhandeln.

Morgen.

Heute sitzt er gegen Mitternacht in diesem Vorhof zum Männerasyl, trinkt Biere und Schnäpse und ist, soweit der selbsterkorene Alleinunterhalter des Abends das

154

zuzulassen bereit ist, im Begriffe, selbst auch das eine oder andere zur Unterhaltung beizutragen. Über Brasilien zum Beispiel, wo seine Firma ihn hinschicken wolle, wo man deutsche Wertarbeit schätze, auch im Bau von Mehrzweckhallen, wo hinzugehen eine ehrenhafte Aufgabe sei, der er nach entsprechenden Vorverhandlungen, denn rentieren müsse sich so eine Sache natürlich, gern nachkomme. Und er ist sich mit dem etwa gleichaltrigen Alfred darin einig, daß es gut ist, wenn Chefs die Erfahrungen der älteren Mitarbeiter derart schätzten, daß sie ihnen die verantwortungsvollsten Aufgaben zuteilten.

Johannes hört sich reden und wundert sich über sich, der er doch längst beschlossen hat, das zwielichtige Angebot, das sich Zumgibel und Krause da ausgedacht haben, nicht anzunehmen, zumal es die Lage der Mutter gar nicht zuläßt.

Er muß plötzlich an seinen Vater denken. Wie oft mag der Mann, der zu Hause so stumm und am Familienleben unbeteiligt wirkte, in solchen Herbergen abgestiegen sein und in solchen Kneipen den Vertreter von Welt geboten haben. Auch er pflegte in rasendem Tempo Kreuzworträtsel auszufüllen.

Und im schäbigen Zimmer einer solchen Herberge ist er auch gestorben. Vielleicht nach so einem Abend wie diesem, nachdem er noch einmal den Mann von Welt gespielt hat. Und den Kreuzworträtsellöser.

Während Alfred gerade all sein Wissen über Brasilien

zusammenkratzt – Stadt, Land, Fluß –, kommt auf dem Handy von Johannes eine SMS an.

Lisa schreibt: Mutter heute gestorben. Bitte melde dich. Lisa.

Johannes geht auf die Straße hinaus und ruft Lisa an. Sie ist sofort dran.

Hallo, lieb, daß du gleich anrufst. Wo bist du?

War den ganzen Tag bei meiner Mutter. Jetzt bin ich in einer Kneipe. Übernachte hier. Muß mich kümmern. Stell dir vor, sie sitzt im Rollstuhl.

Ach?

Ja. Aber erzähl du – mein Beileid –, ich glaube, das sagt man so.

Man sagt es so. Also: ich hab Ruth den ganzen Tag angerufen. Wollte zu ihr fahren, wegen ihres Hörgeräts mit ihr zum Hördingens gehen. Sie hat sich nicht gemeldet. Die Nachbarin hatte sie auch noch nicht gesehen. Bin ich also hingefahren. Ich hab ja den Schlüssel. Da lag sie tot im Bett, war mit einem Lächeln friedlich eingeschlafen und nicht mehr aufgewacht. Wie ein kleines Mädchen lag sie da, das einen schönen Traum hat.

Eigentlich schön so, nicht?

Ja. Ein gnädiger Tod. Der ganze endgültige Wahnsinn, auf den sie zusteuerte, ist ihr erspart geblieben. Ihr und mir.

Ich beneide dich.

Sag das nicht so. Ich bin traurig. Sie fehlt mir jetzt schon. Nie mehr diese verrückten Anrufe mitten in der Nacht. Noch vor drei Tagen war ich bei ihr. Da hat sie mich beschimpft. Ich sei hinter ihrem Geld her, würde sie ständig bestehlen. Alles Quatsch natürlich. Ich mußte eigentlich lachen darüber. Ja, das alles wird mir fehlen. Und ich wäre so gern bei ihr gewesen, um ihr beim Sterben die Hand zu halten. Ich hätte gern erlebt, wie dieses Lächeln entstanden ist.

Schön sagst du das. Weißt du, der Unterschied ist, du hast deine Mutter eigentlich geliebt – auch wenn's oft schwer war.

Du liebst deine auch. Wenn sie tot ist, wirst du das wissen.

Die ist vom Tod weit entfernt. Jetzt sitzt sie im Rollstuhl. Sie ist ein Pflegefall. Ich weiß nicht, was ich tun soll. Sie braucht mich.

Organisier es. Es gibt doch Leute –

Man hat mir gerade den Brasilienjob angeboten.

Das willst du doch nicht machen, oder?

Warum nicht – was hält mich hier?

Deine Mutter.

Ja, eben. Der fürsorgende einzige Sohn. Das wollte ich nie sein.

Da mußt du durch. Und über diesen Brasilienjob hast du dich doch immer lustig gemacht.

Da gab es dich.

Weißt du, ich hab so gedacht wie du. Das weißt du ja.

Sie war mir lange lästig. Irgendwann mochte ich sie. Sie war am Ende wirklich ein Kind. Ich, die nie eines wollte, hatte plötzlich ein Kind. Ich weiß, daß sie mir fehlen wird.

Meine ist stark. Die Generalin regiert auch aus dem Rollstuhl heraus. Wir streiten ständig.

Weil du den Streit zuläßt.

Ja, aber was soll ich denn tun?

Was ist das überhaupt mit dem Rollstuhl? Warum so plötzlich?

Das muß ich morgen rauskriegen. Ich verstehe es nicht ganz. Die Knochen, sagt sie, machen nicht mehr mit.

Wenn du mich fragst, dann ist das ein psychosomatischer Rollstuhl. Sie ist einsam, du bist zu weit weg, sie hat sonst niemanden, also wird sie krank, braucht einen Rollstuhl und du mußt ran. Da mußt du durch.

Leider, ja.

Kommst du zum Begräbnis?

Ja.

Ruth hat dich so gemocht.

Ich weiß.

Sie schweigen. Auf der anderen Straßenseite verlassen Jugendliche lärmend ein Lokal. Und auch aus Bei Toni kommen die ersten Gäste. Sie grüßen Johannes kameradschaftlich und verschwinden im Dunkel.

Ach Lisa, du fehlst mir so. ˙

Ciao, Johannes, mach's gut.

Ich komme morgen zurück. Wenn ich dir helfen kann.

Ich melde mich sofort. Ciao, Lisa, gute Nacht. Ich denke viel an dich.

Gute Nacht.

Er steckt das Handy ein, bleibt noch einen Augenblick draußen stehen, lächelt. Sie hat ihm nicht widersprochen. Sie hat geschwiegen, und dann wollte sie schnell das Gespräch beenden. Sie liebt mich noch, denkt Johannes, ja, sie liebt mich noch.

Und ich sie auch.

30

Ein vages Glücksgefühl trägt ihn zurück ins Lokal, wo sich Alfred, jetzt schon ziemlich betrunken, nach dem Nachtleben der Stadt erkundigt, worüber ihm der Wirt nur bruchstückhaft und allgemein Auskunft gibt. Mit einem letzten Schnaps gibt sich Alfred den Rest, ruft beim Hinaufgehen zu seinem Zimmer auf halber Treppe noch einmal nach den Frauen, allen Frauen der Stadt, und verschwindet polternd. Die Rolle ist zu Ende gespielt, Abgang, Stille auf der Bühne, die jetzt auch die letzten Protagonisten verlassen. Als Johannes wenig später in seinem zu kurzen und zu schmalen Bett in dem zu warmen und muffigen Zimmer liegt, hört er nebenan den Vertreter für Markisenstoffe schon laut schnarchen.

Er hingegen ist hellwach.

Bilder huschen durchs Zimmer.

Lisa, immer wieder Lisa. Das irre Lächeln von Ruth. Die Mutter im Rollstuhl. Franziskas zerschmetterte Leiche. Der Vater am Tresen seiner Stammkneipe. Mit Lisa in der Bretagne. Die Mutter tanzend im Rollstuhl. Das dritte Besteck. Das Bild von Franziska auf dem Jugendstilbuffet. Das Buffet mit den beiden Kerzenleuchtern. Er schläft ein.

Im Traum steht er mit Lisa an einem offenen Grab. Sie starren auf zwei Särge. Während Menschen Blumen und Erde auf die Särge werfen, fragen sich die beiden, in welchem Sarg Ruth und in welchem Martha liegt. Sie wissen es nicht. Sie müssen darüber lachen. Die Menschen raunen und schauen sie befremdet an. Es sind wildfremde Menschen. Was haben wir mit denen zu tun, sagen sie sich, umarmen und küssen sich und gehen einen steilen Hügel hinauf. Über ihnen ist ein hoher Berg und weit unter ihnen das Meer.

Sie haben keine Angst.

31

Das Frühstück wird in der verrauchten, kaum gelüfteten Kneipe eingenommen. Eine junge Türkin bedient Johannes und den Versicherungsvertreter namens Alfred. Man schweigt und sitzt an verschiedenen Tischen. Die Vertrautheit der Nacht, durch den Alkohol hergestellt, ist nicht mehr da. Der Morgen hat aus dem gesprächssüchtigen Vertreter, der um zwei Uhr nachts noch bereit war, alle Frauen dieser Stadt zu befriedigen, einen aschgrauen, vor sich hin schweigenden Mann gemacht. Als sein Handy klingelt, gibt er einer anscheinend genervt fragenden Ehefrau Auskunft über seinen Tageslauf gestern und heute, fragt nach den Kindern und anderen Familiendetails und flüstert verschämt, daß er natürlich am Wochenende nach Hause komme. Dann schaut er Johannes an und seufzt, als müsse er sich bei ihm dafür entschuldigen, daß auch er so etwas Banales wie eine Ehefrau und Kinder hat.

Familie. Verstehen Sie?
Verstehe.
Dann werd ich mal auf die Piste gehen. Schönen Tag noch.
Ebenfalls.

Er zieht mit seinem Musterkoffer für Markisenstoffe ab.

Johannes widersteht der Lust, sofort nach dem Kaffee ein Bier zu trinken, und ruft Lisa an.

Morgen!
Morgen!
Und, wie ist es?
Ach, ich bin schon mächtig am Traben. Kannst dir ja gar nicht vorstellen, was so ein Tod Arbeit macht.
Kann ich dir helfen? Ich komme heute zurück.
Laß mal. Ich kann das von dir nicht verlangen.
Doch.
Nein.
Wir wollten doch miteinander alt werden.
Ach, Johannes. Hör auf. Am Telefon ist das kein gutes Thema.
Sehen wir uns am Abend?
Ja.

32

Als Johannes in den Auerhahnweg einbiegt, sieht er, daß vor Hausnummer 16f ein junger Mann mit blondem Zopf einen Rollstuhl in einen Transporter lädt. Er bleibt stehen, und der junge Mann bittet ihn, mit anzufassen. Gemeinsam heben sie den Rollstuhl in den Kombi.

Danke.

Bei wem haben Sie den abgeholt?

Eine alte Frau. Dritter Stock. Sie braucht ihn nicht mehr.

Hab ihn erst gestern hingebracht.

Seltsam, oder?

Ach, das kenne ich. Gibt verrückte alte Leute, die lassen sich einen Rollstuhl bringen, nur aus Spaß, damit was los ist. Die sind einsam, haben niemand, da lassen sie sich so was einfallen. Also, danke noch mal. Machen Sie die Haustür wieder zu, bitte?

Ja. Natürlich.

Das darf nicht wahr sein, sagt Johannes zu dem ihm schon bekannten Mann im Spiegel des Aufzugs. Sie hat ihm eine Komödie – oder Tragödie, er kann sich nicht entscheiden – vorgespielt. Gott, ja! Die Kerzen auf dem Buffet brannten doch, als er mit den Pizzen zurückkam! Daß ihm das nicht aufgefallen ist! Und wie sie sich mit dem Rollstuhl bewegt hat! So sitzt doch niemand in einem Rollstuhl, auf den er gerade seit einem Tag angewiesen ist. Und Frau Sobeck, die auf dem Land ist, aber angeblich die Tür für den Rollstuhl geöffnet hat! Lisa hat recht, der psychosomatische Rollstuhl. Wie traurig. Wie armselig. Und doch wie rührend. Und verrückt. Ja, sie ist verrückt. Und wie verrückt! Johannes staunt darüber, wie gelassen er darauf reagiert, wie es ihn fast amüsiert, daß er darauf hereingefallen ist. Kann man ihr böse sein? Muß man sie nicht lieben für diese Komödie? Johannes lacht. Königin Mutter. Die alte Generalin hat immer das letzte Wort.

An der Wohnungstür klingelt er nicht wie gewohnt und abgesprochen dreimal, sondern einmal.

Wer ist da!?
Post!
Moment!

Er hat die Stimme verstellt. Sie öffnet. Und sie erstarrt. Da steht sie mitten im Flur, hilflos, erschrocken, beim Anblick des Sohnes die Hände vor das Gesicht drückkend. Klein ist sie, denkt er, schutzbedürftig. Zum ersten Mal scheint sie ihm so alt auszusehen, wie sie ist. Er schließt die Tür. Sie will nach hinten weglaufen. Er faßt sie an der Hand, nimmt sie in die Arme, drückt sie an sich, wie er das noch nie getan hat. Sie schluchzt und wimmert, sagt etwas, was er nicht versteht. Er sieht die Kopfhaut durch ihre seidigen dünnen Haare, er spürt ihre Knochen, und er streicht sanft über ihren Rücken. Ihr Geruch erinnert ihn daran, wie sie, als er ein kleiner Junge war, vor dem Einschlafen beim Gutenachtkuß ihren Kopf auf das Kissen legte und dabei den Duft hinterließ, den er brauchte, um einschlafen zu können.

Du mußt nichts sagen, Mamma. Es ist alles gut. Ich bin bei dir. Ich gehe nicht weg. Ich laß mich nicht nach Brasilien schicken. Ich bleibe hier.

Langsam beruhigt sie sich, tritt etwas zurück, schaut ihn durch einen Tränenschleier an.

Bist du mir böse?
Nein, ich bin froh, daß du deine Kerzen auf dem Buffet oben selbst anzünden kannst.

Plötzlich müssen sie beide lachen. Er legt den Arm um sie und führt sie zum Wohnzimmer.

Komm, Mamma, wir trinken darauf mit Franzi ein Gläschen.

Bernd Schroeder
Die Madonnina
Roman
Band 15780

Severina schweigt. Seit einem Jahr arbeitet sie auf ihrem Berg-
hof hoch oben in den italienischen Alpen, ohne mit einem
einzigen Menschen zu sprechen. Sie schweigt seit dem Tag,
als Massimo sie verlassen hat, um einer Touristin und dem
Reiz der großen, modernen Welt zu folgen. Severina wartet,
sie erinnert sich an die vergangene Liebe, und sie wartet auf
den Tag, an dem sie Massimo zurückkommen sieht, die lange
hohe Bergflanke hinauf. Doch als er tatsächlich kommt, ist
alles anders. Plötzlich weiß sie nicht mehr, ob die Liebe das
lange Schweigen überlebt hat.

Bernd Schroeder erzählt in seinem Roman die Geschichte
einer Frau im heutigen Italien, aber in einem Italien, das noch
anknüpft an archaische Lebensweisen, die man längst vergessen glaubte. Der Roman einer Liebe aus einer seltsamen,
fremden Welt, geschrieben in einer wunderbaren, poetischen
Sprache.

»Severina, diese unglaublich trotzige,
ein wenig todessüchtige ›kleine Madonna‹ vom Berg,
ist einfach unwiderstehlich.«
Der Spiegel

Fischer Taschenbuch Verlag

Elke Heidenreich, Bernd Schroeder
Rudernde Hunde
Geschichten
Band 15879

Rudernde Hunde und ein tanzender Hund, der Oblomow
heißt; ein Beo, der die Beatles liebt, ein körnergefüttertes
Huhn für fünf Mark; eine Hotelkatze und ein Igel, der sich
ein Ei wünscht; nicht zu vergessen die verliebten Herren
Löhlein und Hürzeler – jedem Leser dieser wundersamen
Geschichten werden die Tiere und Menschen dieses Buches
unvergeßlich bleiben. Elke Heidenreich und Bernd Schroeder
haben einen gemeinsamen Ton gefunden für ihre erfundenen
und erlebten Geschichten, eine Melodie, die alle komischen
und traurigen Episoden zu einem Lesebuch verbindet, das für
alle gedacht ist, denen das Leben rätselhaft geblieben ist.

»Schroeder und Heidenreich – auf der Höhe
Ihres Witzes.«
Andreas Nentwich, Die Zeit

Fischer Taschenbuch Verlag

fi 15879 / 1

Bernd Schroeder
Unter Brüdern
Roman
Band 15799

Es beginnt mit der Beerdigung der Großmutter. Die Enkel
Max und Paul, der glatte Karrierist und der ewig erfolglose,
an der Welt und an dem Älterwerden leidende Romantiker,
gehen sich schon seit Jahren aus dem Weg. Nun müssen sie
mit der Mutter am Tisch sitzen und um die Großmutter trau-
ern. Und das, obwohl diese Großmutter sich bereits vor Jahren von der Familie abgesetzt hatte, dorthin wo sie niemand
behelligen konnte – in die DDR. Als die Mauer fiel, starb die
alte Frau, und Paul macht sich nun daran, die Wohnung seiner Großmutter im Berliner Osten aufzulösen. Hier bekommt die Geschichte eine ganz unerwartete Wendung, und
Paul und der Leser befinden sich plötzlich in einem spannen-
den Krimi, in dem es um sehr viel Geld geht. Im Laufe einer
abenteuerlichen Suche nach dem Geheimnis seiner Großmutter gerät Paul aber nicht nur in die Abgründe des Schweizer
Bankwesens sondern auch in die der eigenen Familie. Und
dabei entdeckt er seinen ungebremsten Bruderhaß.

»Bernd Schroeder versteht es, glänzend zu unterhalten.«
Tagesanzeiger

Fischer Taschenbuch Verlag

fi 15799 / 1

Bernd Schroeder
Versunkenes Land
Roman
Band 15788

Irgendwo auf dem Gelände, auf dem sich heute ein neuer
Großflughafen erstreckt, lag bis vor wenigen Jahren ein Dorf.
Heute ist es verschwunden. Bernd Schroeder schildert das
Leben einer Handvoll Menschen in diesem Dorf von der
Nachkriegszeit bis zu seinem Untergang. Vom ersten Augen-
blick an befindet sich der Leser mitten in den großen und
kleinen Tragödien und Komödien des Dorfes. Da gibt es den
französischen Kriegsgefangenen Jean-Pierre, der wegen der
Bäuerin Maria noch längst nicht nach Hause will und den
Ungarn Bela, der eines Tages im Straßengraben liegt und einfach bleibt. Der Schwager Franz träumt von der weiten Welt
und baut deswegen in der Scheune ein geheimnisvolles Gerät.
In der Kirche geschehen noch Wunder, und der erste Fernseher bringt Bilder aus der ganzen Welt.

Ohne Nostalgie, aber mit Wehmut und großer Liebe für
seine Figuren zeichnet Bernd Schroeder in seinem Roman
eine vergangene Welt, über die unaufhaltsam die Moderne
mir ihren Segnungen und Verwüstungen hereinbricht.

Fischer Taschenbuch Verlag

fi 15788 / 1

Marcel Beyer
Spione
Roman
Band 15397

Zu Spionen in ihren Familien werden die Jugendlichen
Carl, Paulina und Nora. In Fotoalben stoßen sie auf Ge-
heimnisse, auf Verschwiegenes und Verborgenes. Wer war
die scheinbar früh verstorbene Großmutter, die Opernsän-
gerin mit den »Italieneraugen«, welche Liebesgeschichte
rankt sich um den Großvater, der 1936 aus dem Blick seiner
Verlobten verschwand? Hat die zweite Frau des Groß-
vaters die Fotoalben gesäubert? Wie ein Spion bewegt sich
der Erzähler zwischen den Generationen, zwischen den
Lebenden und den Toten, Vergangenheit und Gegenwart.
Marcel Beyer begibt sich auf eine außergewöhnliche Spu-
rensuche und stellt die Frage: Kann man mit Worten töten?

Fischer Taschenbuch Verlag

Thomas Hürlimann
Das Gartenhaus
Novelle
Band 14688

Ein kleines Meisterwerk – so lautete die einhellige Meinung
der literarischen Kritik über Hürlimanns Novelle, eine
Geschichte um Alter, Liebe und Vergänglichkeit. Nach
dem Tod des einzigen Sohnes entwickeln sich zwischen
dem Vater, einem pensionierten Obersten, der für einen
Rosenstock als Grabschmuck plädierte, und der Mutter, die
einen Granitfelsen setzen läßt, die eigentümlichsten Rituale.

»Was dem Autor gelungen ist, ist tatsächlich einmalig in
der deutschsprachigen Gegenwartsliteratur. Ein Stoff wird
leicht und schön, zugleich spannend, abwechslungsreich
und überdies höchst tiefsinnig erzählt.«
Hann. Allgemeine Zeitung

Fischer Taschenbuch Verlag

Henning Ahrens
Lauf Jäger lauf
Roman

Band 15544

Lauf Jäger lauf – so schrecklich-schön wie das Kinderlied
ist auch dieser Roman. Oskar Zorrow, unterwegs im ICE,
erblickt aus dem Zugfenster einen Fuchs. Einem plötz-
lichen Impuls folgend, zieht er die Notbremse, um dem
Tier hinterherzulaufen. Doch er wird selbst zum Gejagten
und gerät in die Fänge einer Schar von Menschen, die sich
»die Widergänger« nennen und auf einem Gutshof in der
Nähe eines geheimnisumwitterten Nebellandes leben. An
Flucht ist nicht zu denken, denn nur John Schmutz, der
Kopf der Widergänger, vermag den Nebel, der alle Erinnerung auslöscht, zu durchqueren. Oskar Zorrow ist zum
Ausharren gezwungen ...

Collection S. Fischer

fi 15544 / 1

Josef Haslinger
Vaterspiel
Roman
Band 15257

Rupert Kramer, genannt Ratz, ist der Sohn eines österrei-
chischen Ministers. Er ist 35 Jahre alt und das, was man einen
Versager nennt. Nächtelang sitzt Ratz vor dem Computer,
um ein abstruses Vatervernichtungsspiel zu entwickeln. Er
hasst seinen korrupten sozialdemokratischen Vater, der
seine Familie wegen einer jungen Frau verlassen hat.

Im November 1999 erhält Ratz einen geheimnisvollen Anruf
von Mimi, seiner Jugendliebe. Ratz fliegt nach New York,
ohne zu wissen, was ihn erwartet. Bald ist klar: Er soll helfen,
das Versteck von Mimis Großonkel auszubauen, einem alten
Nazi, der an der Hinrichtung litauischer Juden beteiligt war.
Seit 32 Jahren verbirgt er sich im Keller eines Hauses auf
Long Island.

»... ein in jeder Hinsicht bestechender
politischer Thriller, mit souveränem Gespür für
die Ironie der Geschichte, in eloquenter, präziser Sprache.
Haslingers Roman ist jede Stunde, die man
mit ihm verbringt, wert.«
Georg M. Oswald, Financial Times Deutschland

Fischer Taschenbuch Verlag

Thomas Brussig
Leben bis Männer
Band 15417

Einer packt aus. Mehr als zwanzig Jahre war er der Stratege
am Rand, im Training ein harter Knochen, auf dem Platz
ein Erlöser. Sein Verein hieß einst ›Tatkraft Börde‹, sein
Beruf ist Fußballtrainer. Jetzt zieht er vom Leder, und es
gibt kein Halten: Weil einer seiner Spieler vor Gericht
gestellt wurde, hat die Mannschaft den Aufstieg nicht
geschafft. Nach ›Helden wie wir‹ und ›Am kürzeren Ende
der Sonnenallee‹ hat Thomas Brussig nun den Aufschrei
eines Menschen aus der Provinz aufgezeichnet. ›Leben bis
Männer‹ ist der Monolog eines Mannes, der ein enger
Verwandter des Kontrabassisten von Patrick Süskind
sein könnte.

Collection S. Fischer